Pour Zahra

Maestro !

Cette histoire
          rate en musique,

même s'il ne s'agit pas

de reggae jamaïcain !

Amitiés

Xavier

janvier 2009

Xavier-Laurent Petit

Maestro!

Médium
l'école des loisirs
11, rue de Sèvres, Paris 6e

© 2005, l'école des loisirs, Paris
Loi n° 49.956 du 16 juillet 1949 sur les publications
destinées à la jeunesse : septembre 2005
Dépôt légal : août 2006
Imprimé en France par Bussière
à Saint-Amand-Montrond
N° d'édit. : 8556. N° d'impr. : 062656/1

*À Freddy Céspedes,
premier violon de l'orchestre symphonique de La Paz.*

*Mais aussi à Manon et sa flûte traversière,
à Matthis et sa batterie,
à Raphaël et ses guitares,
à Aurélien et sa basse,
à Fred et ses saxos,
à Patrick et ses percussions,
ainsi qu'à Jean et son futur violon.*

Merci à Clément (et son violoncelle) pour ses conseils.

1

Ma boîte de cireur, une couverture et Luzia. C'est tout ce qui me restait.

Et j'y tenais.

L'autre couverture, Luzia se l'était fait piquer quelques jours plus tôt mais je ne pouvais pas lui en vouloir, elle était trop petite pour se rendre compte. Depuis, j'avais travaillé dur mais il me manquait encore deux ou trois cents centavos pour lui en racheter une neuve. En attendant, on se débrouillait comme on pouvait avec celle qui nous restait parce que, même si les journées étaient brûlantes, les nuits restaient glaciales à cause de l'altitude.

Le soir, j'étalais des cartons par terre, histoire de nous isoler du froid. Luzia se blottissait contre moi et je lui racontais des histoires de loups, de brigands et de princesses. J'essayais de me souvenir de celles que m'man nous racontait quand on habitait Llallagua. La plupart du temps, je m'emmêlais et je finissais par tout mélanger, mais Luzia était sympa. Elle faisait semblant de ne pas s'en apercevoir et s'endormait avant que je m'embrouille complètement. Je m'étendais à côté d'elle en nous recouvrant de la couverture, on se serrait l'un contre l'autre et Azula, la chatte qu'elle avait trouvée au marché, nous rejoignait en ronronnant, le ventre plein des petits qu'elle n'allait pas tarder à avoir. Pendant la nuit, Luzia tirait la couverture à elle et le froid me réveillait bien avant le jour.

— Tu n'as qu'à lui botter les fesses, me conseillait Patte-Folle. Elle ne recommencera pas.

Mais Patte-Folle n'avait pas de petite sœur.

2

Chaque matin, je commençais par regarder du côté de la Cordilera parce que, ici, tout dépendait du ciel.

Certains jours, il faisait tellement gris que ça ne valait même pas la peine de se lever. Mais par beau temps, les touristes montaient jusqu'au marché du Rio del Oro pour y dépenser leurs dollars et leurs centavos tout neufs.

Quand j'ai ouvert un œil, ce jour-là, le ciel était d'un bleu étourdissant. Une bonne journée en perspective !

Luzia m'a aidé à rouler notre couverture dans les cartons avant de la planquer dans un trou du mur que j'ai soigneusement rebouché avec des briques. Mieux valait prendre ses précautions…

Depuis bientôt trois semaines qu'avec Patte-Folle on avait déniché ce vieux poste de contrôle abandonné le long des pistes de l'aéroport, personne ne nous en avait encore délogés. Ça tenait du miracle, mais personne non plus ne pouvait dire combien de temps ça allait durer. Tout pouvait arriver. Les services de sécurité de l'aéroport, une descente de « *macacos* », ou simplement une bande plus nombreuse que la nôtre… Ce qui n'était pas difficile. Depuis que Vargas et Oscar avaient disparu, on n'était plus que trois, Patte-Folle, Luzia et moi. Mais en comptant avec les jambes tordues de Patte-Folle et les sept ans de Luzia, ça faisait plutôt deux et demi. Voire deux. On avait appris à se faire discrets.

Quant à Vargas et Oscar, on ne savait pas ce qu'ils étaient devenus. Ici, personne ne se préoccupait d'un ou deux traîne-misère de plus ou de moins. Tout le monde savait que les *macacos* n'appréciaient pas trop les *pilluelos*[1] dans notre genre. Vargas et Oscar n'étaient pas les premiers à disparaître sans laisser de trace et ils ne seraient pas les derniers.

On les a attendus pendant six jours à l'angle de la *calle*[2] San Isidoro, notre rendez-vous habituel, avant de se faire une raison. Le septième jour, on a décidé qu'ils étaient morts et, pour dix centavos, on leur a acheté à chacun un cierge à la cathédrale. On leur devait bien ça. Patte-Folle a voulu réciter une prière mais il ne se souvenait d'aucune. Alors on est juste restés à regarder toutes ces petites flammes qui brillaient comme de l'or et à respirer les fumées d'encens.

Dans un vacarme de fin du monde, le Boeing de l'American Airlines s'est posé à quelques mètres de nous. Le train avant a touché le sol et un panache de fumée a jailli de ses pneus comme s'ils allaient prendre feu. Il atterrissait tous les jours à la même heure et nous servait de pendule. Si on voulait avoir une

1. «Gamins des rues».
2. «Rue».

chance de trouver une bonne place au marché, il fallait partir quand il atterrissait.

Je l'ai suivi des yeux jusqu'à ce qu'il ne soit plus qu'une tache noire au bout de la piste. J'adorais les avions, et le soir, quand on revenait, je pouvais rester assis pendant des heures, à les regarder atterrir et décoller. Les oreilles déchirées, je sentais la terre trembler sous mes fesses et je suivais leurs feux jusqu'à ce qu'ils disparaissent dans le ciel.

— Saturnino! a appelé Luzia.

Elle avait raison, il ne fallait pas traîner. Les touristes n'allaient pas tarder à rappliquer et on n'avait pas de temps à perdre. Elle a donné une dernière caresse sur le ventre rond d'Azula. Patte-Folle avait déjà pris les devants. On a pressé le pas pour le rattraper tandis que Luzia chantonnait.

Trois hommes en noir sur le chemin
Cache-toi vite derrière ta main
Si tu dors, ils ne verront rien
Mais si tu sors, ce sera la fin.

— Tu n'as rien d'autre à chanter?

Elle a secoué la tête en reprenant plus fort.

Trois hommes en noir sur le chemin
Cache-toi vite derrière ta main...

Elle connaissait des quantités d'autres rengaines du même genre mais celle-ci était sa préférée. Elle la serinait du matin au soir. Moi, je ne pouvais plus l'entendre sans frissonner.

Ces trois hommes en noir me faisaient trop penser aux *macacos*, aux parents et à tout ce qui s'était passé à Llallagua, trois ans plus tôt.

3

Je me suis installé dans mon coin habituel, à l'angle de la *calle* San Isidoro, et j'ai sorti mon matériel, mes brosses, mes chiffons, mon cirage... Patte-Folle s'est mis un peu plus loin pendant que Luzia filait chercher des cartes postales chez Gondalfo, qui lui laissait deux centavos par carte vendue.

Autour de nous, le marché grouillait déjà. Les paysannes étaient descendues des villages de la Cordilera bien avant l'aube pour avoir les meilleures places et elles avaient déballé leurs marchandises sur de vieilles couvertures. Quelques œufs, des navets, deux ou trois mesures de haricots ou de quinua, des piments... Les marchands de café et d'*api*[1] circulaient en faisant tinter leurs gobelets. Les crieurs braillaient à gorge déployée et, pour dix centavos, le vieux Guaman récitait des prières à la place de ceux qui n'avaient pas le temps ou qui les avaient oubliées.

Quand Vargas et Oscar ont disparu, je lui ai demandé de dire une belle prière pour eux. Un truc bien. C'était son métier et il faisait ça mieux que

1. Boisson chaude à base de maïs.

n'importe qui. Chez nous, à Llallagua, les parents se chamaillaient toujours au sujet des prières. P'pa disait que ce n'étaient rien que des conneries et m'man répondait que, de toute façon, ça ne pouvait pas faire de mal. Moi, je n'avais pas trop d'idées sur la question, mais Oscar et Vargas étaient morts et pour les morts même p'pa allait à l'église.

Au moment où je lui ai tendu les pièces, le vieux Guaman m'a attrapé la main pour y lire les lignes qui se croisaient au creux de ma paume. J'ai senti son ongle crasseux sur ma peau. Il me fixait de son regard tout gris, ça m'a flanqué la trouille et j'ai filé sans attendre sa prière. Je ne tenais pas trop à connaître l'avenir.

J'attendais encore mon premier client quand la foule du marché s'est brusquement écartée. Ils étaient trois à patrouiller. Trois miliciens en treillis, les pouces enfoncés dans le ceinturon, la matraque et le flingue à portée de main. Ici, tout le monde les appelait les *macacos*. Et même si l'on n'avait rien à se reprocher, mieux valait les éviter. Quand ils ont pris la direction de la *calle* San Isidoro, j'ai aussitôt regardé ailleurs. Je ne connaissais pas une seule personne qui ne détournait pas les yeux devant leurs lunettes métallisées. Ils portaient tous au revers de leur col un écusson à l'effigie du président Alfredo Ayanas.

Et rien qu'à regarder ce salaud, j'avais envie de le tuer.

4

— Je peux m'asseoir?

La fille qui venait de me parler était si belle que la réponse est restée coincée dans ma gorge. J'étais trop ébloui pour articuler le moindre mot.

Elle était mille fois plus belle que toutes les filles de mes rêves. Mille fois plus belle que toutes les actrices en maillot de bain qu'on regardait à l'heure des feuilletons américains sur les télés des magasins de la Plaza Mayor quand les vigiles étaient de bon poil.

Elle était ma première cliente et une journée qui commençait comme ça ne pouvait que bien se terminer.

Elle s'est assise et a posé les pieds sur ma boîte à cirage.

À eux seuls, ses mocassins de cuir rose devaient valoir dix fois le prix de toutes les chaussures que j'avais cirées depuis le début du mois. J'ai pesté en pensant que je n'avais pas de cirage rose. Ce n'était pas vraiment la couleur le plus demandée par mes clients habituels, mais je lui ai sorti le grand jeu. Dépoussié-rage à la brosse à dents jusque dans les moindres recoins, cirage incolore luxe, étalé par petites touches, un premier astiquage au chiffon de laine, suivi d'une légère couche de crème lustrante fauchée la veille dans un magasin du centre-ville. Et pour finir en beauté, un dernier coup de brillant avec un bas nylon extra-fin.

Un travail de spécialiste.

Je prenais tout mon temps parce qu'une telle beauté, c'était un trésor dont je voulais me souvenir jusqu'à la fin de mes jours.

Tout en frottant et briquant le cuir de ses mocassins, je lui jetais de temps à autre des coups d'œil discrets et elle me souriait en dévoilant ses dents impeccablement blanches et alignées côte à côte comme des perles. De vraies dents de touriste. Bon sang! J'en avais presque la tremblote de cirer les chaussures d'une telle femme! Chez elle, là-bas, il devait sûrement y avoir des blanchisseurs de dents, comme il y avait ici des cireurs de chaussures... Mais chez nous, dans le quartier du Rio del Oro, personne n'avait assez d'argent pour se soucier de ce genre de détail. Ça pouvait bien pousser dans tous les sens, noircir, pourrir, tomber... On avait d'autres chats à fouetter.

Je la regardais mais je faisais quand même attention. Son type était une sorte de géant rosâtre, sportif, rasé de près et bien nourri qui n'arrêtait pas de la photographier sous tous les angles. Tout à fait le genre d'imbécile à s'énerver s'il s'apercevait que j'étudiais d'un peu trop près sa fiancée.

À force de les astiquer, les mocassins de ma princesse aux belles dents ont ressemblé à deux miroirs. Rien à dire, c'était du beau boulot! J'aurais bien peaufiné encore un peu, mais le grand costaud rose commençait à s'impatienter. Princesse a absolument tenu à ce qu'il prenne une dernière photo de moi avec elle. Quand elle a posé la main sur mon épaule, j'ai cru que mon cœur allait s'arrêter. J'ai fermé les yeux en humant son parfum. Le paradis lui-même ne pouvait pas sentir si bon.

Je n'ai même pas regardé les quelques pièces que Grand Costaud m'a glissées dans le creux de la main. Ma Princesse s'éloignait, je ne pensais qu'à la blondeur de ses cheveux, à la couleur de sa peau, à son parfum...

J'en étais encore tout étourdi lorsque j'ai enfin ouvert la main. Vingt centavos! Ce *concha de su madre* ne m'avait payé que vingt centavos alors que son sac à dos regorgeait de dollars! Un salaire de misère pour un vrai travail de professionnel!

Pas même de quoi payer à Luzia un bol de *mote*[1] chez la grosse Anita pour son déjeuner. Et encore moins de quoi compléter ma cagnotte pour lui racheter une couverture.

J'ai sorti ma lame de cutter de la cachette que je lui réservais, sur le côté de ma boîte de cireur, et j'ai demandé à Patte-Folle de surveiller mon matériel. J'avais un compte à régler, ça n'allait prendre que quelques instants.

J'avais bien un peu de peine pour Princesse. Mais un travail est un travail et je ne pouvais pas laisser passer ça...

---

1. Maïs bouilli dans l'eau.

5

J'ai récupéré Luzia au passage et on est partis à la recherche de Princesse et de Grand Costaud. Chez nous, tout le monde est petit et brun et, même en plein marché, au milieu des cris, du fourmillement et de la bousculade, rien n'est plus facile que de repérer un géant rose accompagné d'une belle blonde...

Ils étaient tous les deux devant une marchande de tissus, Princesse se penchait sur les coupons de laine bariolés tandis que l'autre abruti prenait photo sur photo.

Ce n'était pas la première fois que j'avais à me payer moi-même et Luzia connaissait son rôle. Elle s'est faufilée à côté d'eux et a attendu que Princesse se redresse pour lui proposer ses cartes postales. Personne ne peut résister au sourire de Luzia. Princesse s'est tournée vers elle et le géant rose a évidemment voulu la prendre en photo. J'ai jeté un coup d'œil autour de moi. Pas de *macacos* en vue. C'était le moment. Je me suis glissé derrière lui.

Deux secondes suffisaient. Deux coups de cutter bien placés. Un pour chacune des bretelles de son sac à dos. Il ne restait qu'à empoigner le sac et disparaître dans la foule du marché. Le temps que Grand Costaud comprenne ce qui lui arrivait, Luzia aurait détalé à toutes jambes et le tour serait joué.

Mais le géant était surentraîné. Un véritable héros! Il ne m'a même pas laissé le temps de donner mon second coup de cutter. Sa main s'est détendue comme un ressort, il m'a agrippé le poignet et m'a tordu le bras à hurler de douleur. Il était mille fois plus fort que moi.

Le visage à deux doigts du mien, il m'a postillonné des tas de trucs incompréhensibles. Les yeux noyés de larmes, je serrais les dents pour ne pas crier. Je ne voulais pas lui offrir ce plaisir. Une demi-seconde, mon regard a croisé celui de Luzia, terrifiée. J'ai eu le temps de lui faire signe de filer. C'était la règle, elle le savait.

Autour de nous, les gens se sont écartés. C'était la règle aussi. Ne pas intervenir. Jamais. Si j'avais réussi à piquer le sac de Grand Costaud, personne n'aurait fait un pas de côté pour lui permettre de me rattraper au milieu de la foule. Mais cette fois j'avais perdu. J'espérais de toutes mes forces que Luzia allait retrouver Patte-Folle.

Grand Costaud me tordait toujours le bras en me poussant devant lui et je ne comprenais pas où il voulait en venir. Maintenant qu'il me tenait, il ne lui restait plus qu'à me casser la figure, à me coller une dérouillée maison. C'était de bonne guerre. Mais il avait une autre idée en tête. Il me poussait au milieu de la foule, des milliers d'étoiles tournoyaient devant mes yeux tellement ce cochon me faisait mal. À côté de lui,

Princesse le suppliait de me lâcher, mais il ne voulait rien savoir.

Je n'ai compris ce qu'il cherchait qu'en apercevant les casquettes noires des miliciens. La panique m'a submergé, comme le jour où j'avais perdu pied en me baignant dans le Rio de Cochacamba. Il ne pouvait pas faire ça! Il était étranger et il ne savait pas de quoi les *macacos* étaient capables. Moi, je le savais. Tout le monde, ici, le savait. Je me suis débattu, j'ai hurlé, pleuré comme un gamin, mais plus je le suppliais, plus le géant rose me tordait le bras, à deux doigts de le casser comme une brindille. J'ai fini par me taire, suffoqué par la douleur, le visage barbouillé de morve et de larmes.

Les trois *macacos* se sont approchés. La chanson de Luzia me trottait bêtement dans la tête.

Trois hommes en noir sur le chemin
Cache-toi vite derrière ta main...

— Un problème, *señor*?
— Non! j'ai hurlé. Pas de problème! Je vais le rembourser. Lui acheter un nouveau sac! C'est une erreur! Je ne voulais pas!...

L'un d'eux m'a flanqué une gifle à me dévisser la tête.

Grand Costaud leur a montré son sac avec la marque bien nette du cutter sur la bretelle coupée, il leur expliquait en anglais ce qui était arrivé. Les autres hochaient la tête comme des pantins mais j'étais sûr que ces crétins ne comprenaient pas le moindre mot. À chacun de leurs gestes, l'écusson avec la tête du président Ayanas tremblotait comme s'il était vivant. J'ai levé les yeux vers ma Princesse, qui a détourné le regard.

Merde, Princesse! Dis quelque chose! Fais quelque chose! Ne m'abandonne pas!

Il y avait tout un attroupement autour de nous. Les gens s'étaient arrêtés pour regarder. Ils savaient tous ce qui m'attendait si je restais aux mains des miliciens, mais personne ne faisait le moindre geste. Personne ne disait rien. Avec les *macacos*, on n'avait pas le choix.

Grand Costaud a enfin desserré son étreinte, l'un des miliciens a posé la main sur mon épaule et j'ai bondi comme s'il m'avait envoyé une décharge électrique. Je me suis entrevu dans le miroir de ses lunettes noires.

— Je vais le rembourser, *señor sargento*! ai-je pleurniché. Lui repayer un sac tout neuf. Lui rendre les vingt centavos! Tout...

— Tu n'es qu'un sale petit voleur, a fait le sergent.

— Pas un voleur! Non! Je travaille! Mais il ne m'a payé que vingt centavos! Vingt centavos pour ça!

De mon bras libre, je montrais les mocassins de Princesse.

— Ce n'est pas assez, vous comprenez?... Pas assez!

Il m'a agrippé par les cheveux et m'a secoué la tête de plus en plus fort.

— C'est déjà mille fois trop pour un morveux comme toi. Ce que je comprends surtout, c'est que le *señor* te fait l'honneur de te faire travailler et que toi tu le voles.

Il a décroché la paire de menottes qui pendaient à sa ceinture. Mes jambes sont devenues toutes molles. Si les *macacos* m'embarquaient, qu'allait devenir Luzia? Elle était encore toute petite! Sept ans à peine, et je connaissais la vie d'ici!

Je suis tombé à genoux dans la poussière.

— Pardon, *señor sargento*. Pardon! Je ne recommencerai plus jamais! C'est juré! Juré!

Le milicien a souri de toutes ses dents noirâtres.

— Et pourquoi j'irais croire un petit salopard comme toi?

— Parce que c'est la vérité, *señor sargento*. La vraie vérité de la Vierge Marie!… Parce que sans moi, ma petite sœur ne pourra pas s'en sortir! Parce que…

Il a fait signe aux deux autres de m'embarquer. Les menottes se sont refermées sur mes poignets. Ils m'ont soulevé en me prenant chacun sous un bras. Je pleurais, la morve me dégoulinait jusque sur le menton. J'arrivais à peine à mettre un pied devant l'autre, devant nous les gens s'écartaient en silence.

Le géant rose restait figé sur place comme s'il commençait seulement à comprendre ce qu'il venait de faire. Princesse avait disparu. J'ai aperçu le visage effaré de Patte-Folle au milieu des badauds, j'ai fermé les yeux. J'avais mal partout, je ne pensais qu'à Luzia. Je n'avais même pas eu le temps de lui racheter une couverture.

Rien ne pouvait être pire que tomber aux mains des *macacos*. «*Si tu sais ce que va faire un* macaco, *tu en sais plus que lui.*» Le proverbe datait de l'époque où le président Ayanas avait pris le pouvoir et mon père me l'avait répété des dizaines de fois.

— Pardonnez-moi, messieurs, a soudain fait une voix grave, mais je suis persuadé qu'il existe un moyen plus simple de régler cette situation.

J'ai rouvert les yeux et je me suis rappelé qu'il fallait que je respire.

6

Sauf sur les télés de la Plaza Mayor, jamais je n'avais vu quelqu'un habillé comme le vieil homme qui barrait la route aux *macacos*. Sa cravate, sa veste, son chapeau, les cheveux tout blancs qui s'en échappaient... Rien ne collait avec les gens d'ici. Il semblait sortir d'un film, mais pas seulement à cause de son costume. Des hommes d'affaires en cravate, j'en connaissais. Tous les jours, je faisais les sorties de bureaux pour cirer les chaussures de ceux qui travaillaient dans les banques de l'Avenida Nacional. Ils étaient tous fabriqués sur le même modèle avec leurs complets gris et leurs parfums qui, en fin de journée, sentaient la sueur. Mais le vieux n'avait rien à voir avec les *banqueros*. De la tête aux pieds, il était différent.

Le sergent l'a toisé en rigolant.

— Un moyen plus simple, a-t-il répété. Rien que ça ! Et lequel vois-tu ?

— Verriez-vous...

— Hein ?

— Verriez-vous ! Lequel verriez-vous... C'est plus correct.

— Ah ouais… a fait le sergent. Plus correct… Fais pas trop le malin quand même ! Tu as un joli costard et tu sors de je ne sais où, mais renseigne-toi. Tout le monde ici te dira que mieux vaut ne pas trop finasser avec nous.

Le vieux a hoché la tête en souriant.

De nouveau, les gens se sont agglutinés autour de nous. Personne ne revenait de l'aplomb avec lequel ce type traitait les *macacos*.

— Allez ! Dégage maintenant ! Assez perdu de temps !

Le sergent a avancé d'un pas mais le vieux n'a pas bougé. Dans la foule, certains ont commencé à rire. C'était mauvais, ça ! Mauvais pour le vieux. Mauvais pour moi aussi. Les *macacos* n'allaient pas supporter longtemps d'être ridiculisés en public par un vieil original. L'un d'eux a posé la main sur sa matraque. Mais le vieil homme a secoué la tête.

— Je ne crois pas qu'Alfredo apprécierait beaucoup…

— Alfredo ?… a grogné le sergent. Qui c'est celui-là ?

— Mais… Alfredo, a répété le vieux comme une évidence.

Et il a désigné l'écusson du président Alfredo Ayanas épinglé sur le revers du col du sergent.

— Ça veut dire quoi, ça ? Que tu connais le…

— Que vous connaissez !

Le sergent lui a jeté un regard mauvais.

— Que tu connais le président ?

Le sourire du vieux s'est élargi.

— Bien sur. Nous avons dîné ensemble pas plus tard qu'hier soir.

J'ai écarquillé les yeux. Le *macaco* se dandinait d'un pied sur l'autre, incapable de décider si le vieux lui racontait des fariboles. Autour de nous, on aurait entendu une mouche voler. À croire que tout le marché s'était rassemblé ici pour écouter ce qui s'y passait.

— Te laisse pas faire, sergent, a grondé l'un des miliciens. C'est de la daube, tout ça. Le vieux connaît le président comme moi je suis l'empereur de Chine. Il se fout de nous!

Le vieil homme a sorti un téléphone portable de sa veste. Á l'époque, surtout dans le quartier, c'était plutôt rare! Il a tapoté quelques touches et l'a tendu au sergent.

— Tenez! Vous pourrez vous en assurer par vous-même dans quelques instants. Vous êtes sur la ligne directe du président…

Le sergent a blémi et lui a rendu le téléphone comme si on venait de lui glisser une vipère frétillante entre les mains. Il suait à grosses gouttes.

— Bon Dieu, c'est quoi ces conneries? a-t-il murmuré en jetant un coup d'œil aux autres.

Pour la première fois, le vieux m'a regardé. Il a eu une petite moue comme pour me dire: «Ne t'inquiète pas. Tout va bien.»

Pendant un moment, personne n'a bougé. Mon cœur cognait comme s'il allait exploser.

— Détache le morveux! a ordonné le sergent à l'un des miliciens.

Il s'est essuyé le front.

— Et vous, foutez-moi le camp! a-t-il braillé à tous ceux qui nous observaient.

Mais personne n'a bougé. Pendant que je me frottais les poignets, le vieil homme a tendu la main au sergent. Une main très souple, toute blanche, incroyablement propre pour les gens d'ici qui ont toujours de la terre, de la crasse et du cambouis jusqu'au coude. Une main de type qui n'avait jamais travaillé. À côté, les pognes du sergent ressemblaient à de grosses chenilles velues.

— Mille mercis, sergent. Vous ne regretterez pas votre décision. Et puis entre nous, il faut bien le reconnaître, vingt centavos, c'est un peu du vol, non?...

Le sergent n'a pas répondu, il a fait signe aux *macacos* qui l'accompagnaient.

— Allez, on y va, vous autres! Et toi, a-t-il fait en me menaçant de la main, dis-toi bien que tu n'auras pas toujours la même chance. À partir d'aujourd'hui, c'est comme si j'avais en permanence une photo de toi punaisée ici!

Il s'est tapoté le crâne.

Le vieux les a regardés s'éloigner au milieu de la foule et a posé une main sur mon épaule.

7

Il fallait que je remercie le vieux. Que je trouve quelque chose à dire… Sans lui, je courais à la catastrophe ! Mais rien n'est sorti que des larmes. Je tremblais de partout. Il m'a tendu un mouchoir blanc, en tissu.

— Tiens. Essuie-toi !

Je le lui ai rendu plein de crasse, de larmes et de morve, il a souri.

— Non, non. Garde-le ! Je te le donne…

Sa phrase est restée en suspens, comme s'il attendait quelque chose.

— Saturnino. Je m'appelle Saturnino, mais tout le monde m'appelle Saturne.

— Eh bien je te le donne, Saturnino.

Il a acheté un cornet de *salteñas*[1] qu'il m'a tendu.

— Vas-y, mange tout.

L'histoire du vieux et du *sargento* avait fait le tour du marché en un éclair et les gens nous jetaient des regards intrigués. Je commençais à me sentir mal à l'aise. Quelque chose clochait. Qu'est-ce qu'un ami

1. Petits pâtés chauds, à la viande ou aux légumes.

du président habillé comme un grand monsieur serait venu faire dans le coin? Et pourquoi se serait-il mis en tête de tirer des pattes des *macacos* un gamin des rues dans mon genre?... Ça ne tenait pas debout. D'un côté, le vieux était trop propre et trop bien habillé pour traîner par ici. D'un autre côté, il était trop poli, trop raffiné et trop généreux pour être un ami du président.

Je m'empiffrais de *salteñas*, il me regardait et je ne l'avais toujours pas remercié. J'ai dégluti et pris une grande inspiration.

— Merci, *señor*. Je veux dire, pour les *salteñas*... Et pour le mouchoir... Et pour tout à l'heure aussi. Sans vous, je...

Les mots s'emmêlaient dans ma tête. Je ne voyais pas ce que je pouvais dire de plus. J'ai soudain eu une illumination.

— Je pourrais cirer vos chaussures... Gratuitement, je veux dire. Vous les cirer jusqu'à la fin de vos... euh... enfin... pendant toute votre vie sans que vous déboursiez un seul centavo. Il suffit de passer me voir. Je suis presque toujours à l'angle de la *calle* San Isidoro.

— Mais voilà une excellente idée, Saturnino! J'accepte avec plaisir.

Excellente idée... Avec plaisir... Le vieux employait des mots que j'avais presque oubliés. Des mots qui ne me venaient jamais à la bouche.

J'ai terminé le cornet de *salteñas*, on marchait côte à côte vers la *calle* San Isidoro et le silence du vieux me tapait sur les nerfs. Maintenant que je l'avais remercié, je ne comprenais pas pourquoi il restait là, à me coller.

— Vous voulez qu'on commence tout de suite?

Il a jeté un coup d'œil à ses chaussures.

— Ma foi, un petit coup de propre ne leur ferait pas de mal.

Ma caisse n'avait pas bougé de place. Patte-Folle y veillait. Il veillait aussi sur Luzia qui s'était réfugiée à côté de lui, le visage rouge de larmes. Quand elle m'a aperçu, elle s'est précipitée vers moi en hurlant mon nom. On est restés un moment serrés l'un contre l'autre.

— C'est fini, Luzia. Faut plus pleurer, maintenant. Je suis là...

— C'est ta petite sœur?... a demandé le vieux.

J'ai hoché la tête sans lâcher Luzia.

— Dommage! Elle est un peu trop jeune. Quoique...

Un frisson m'a couru le long du dos. J'ai jeté un coup d'œil à Patte-Folle pour voir s'il avait entendu la même chose que moi. Depuis quelque temps, il y avait de plus en plus de salauds qui s'en prenaient aux enfants, les filles comme les garçons, pour des saletés de tripatouillages que je n'osais même pas imaginer. Les *cazadores*, les chasseurs... Un jour, l'un d'eux m'avait même proposé de l'accompagner. Il me serrait contre lui en souriant comme si on se connaissait depuis longtemps, mais rien qu'à ses yeux j'avais compris et j'avais détalé. Ici, tout le monde savait que que certains touristes ne venaient que pour ça.

J'ai regardé le vieux par en dessous. Il n'avait rien de ces *cazadores* qui rôdaient parfois sur la place, et pourtant.... De nouveau, je me suis demandé qui était ce type. Que voulait-il exactement? Pourquoi m'avait-il aidé? Qu'attendait-il en retour?

S'il touchait à un seul des cheveux de Luzia, je l'étripais.

J'ai renvoyé vite fait ma sœur vendre ses cartes postales, le vieux s'est assis sur ma caisse et je me suis occupé de ses chaussures mais le cœur n'y était pas. *Dommage! Elle est un peu trop jeune. Quoique...* J'avais beau me répéter que j'avais sûrement mal entendu, qu'il devait s'agir d'autre chose, rien n'y faisait.

J'avais à peine terminé qu'il m'a tendu un billet de cent centavos.

Cette fois, c'était trop. Trop d'argent. Beaucoup trop. Surtout pour un travail gratuit! Et puis je ne voulais plus rien recevoir de lui. Il m'avait sauvé des *macacos* et je lui cirais ses chaussures jusqu'à la fin de ses jours. Le marché me semblait honnête et je ne demandais rien de plus.

— Non, *señor*. Je ne peux pas accepter. Je vous l'ai dit, c'est gratuit. Pour vous remercier...

— Ne t'inquiète pas pour ça, Saturnino. C'est du beau travail, et ça mérite salaire.

Il m'a glissé le billet dans la main.

— J'ai réfléchi à une chose, a-t-il repris. Est-ce que tu... Mais d'abord, où habites-tu?

J'ai hésité. Je devais beaucoup à ce type, mais il commençait vraiment à devenir encombrant. Sans compter que, s'il avait été d'ici, il aurait dû savoir que les *pilluelos* comme moi n'habitaient nulle part. Je suis resté flou.

— Dans le coin de l'aéroport.

— Ce n'est pas tout près, dis-moi.

J'ai haussé les épaules.

— Je viens quand même tous les jours.

— Et tu sais lire?

Il me mettait les nerfs en pelote, avec ses questions. Je ne voyais pas où il voulait en venir.

— Je me débrouille. Avant j'allais à l'école.

— Avant quoi?

Je n'ai pas répondu.

Il n'a pas insisté et a griffonné quelques mots sur une petite carte.

— Tu sais où se trouve cette adresse?

Calle del Rosario, 32… C'était dans le quartier de l'ancien *ayuntamiento*[1].

— Viens demain, Saturnino. Quand tu pourras… Après ton travail. J'y suis toute la journée. Bien sûr, tu peux emmener ta petite sœur. Tes amis, aussi… Celui que j'ai aperçu tout à l'heure, et d'autres, si tu veux.

Je l'ai regardé en clignant des yeux. Je n'aimais pas du tout cette idée de venir chez lui. Je ne comprenais pas tout ce qui se cachait là-dessous. Ou plutôt, j'avais l'impression de trop bien comprendre…

Le vieux s'est relevé en m'ébouriffant les cheveux.

---

1 «Hôtel de Ville».

— À demain. Quand tu veux, mais je tiens beaucoup à ce que tu viennes. Et si on termine trop tard, je vous raccompagnerai en voiture!

Terminer quoi?...

Mais il s'éloignait déjà.

J'ai jeté un coup d'œil sur sa carte. Une vraie carte de monsieur, avec un nom imprimé en relief.

Romero Villandes

8

À peine la nuit venue, le froid est tombé comme une pierre. Depuis qu'on avait déniché ce vieux poste de contrôle abandonné, on se sentait plus à l'abri qu'à dormir dehors dans des cartons, mais il n'était pas question de faire du feu, les types de l'aéroport nous auraient immédiatement repérés. Azula s'est frottée contre Luzia, emmitouflée jusqu'au nez dans la couverture que je venais de lui acheter, et Patte-Folle a sorti de sa poche une cigarette américaine toute ratatinée dont il a cassé le filtre.

— On ne risque rien, a-t-il fait. On est trois et il est vieux. Et puis faut en profiter, il a l'air plein de fric.

— Justement! Je ne vois pourquoi un vieux plein de fric s'intéresserait subitement à nous!

— Tu as toujours peur de tout.

J'ai haussé les épaules.

— Je n'ai pas peur, mais je pense à Luzia. Tu ne peux pas comprendre.

Patte-Folle m'a passé sa cigarette, le goût âcre du tabac m'a piqué la gorge. Depuis des heures, on ne parlait que du vieux et de son invitation. Patte-Folle voulait tenter le coup mais je n'arrivais pas à oublier la curieuse phrase du vieux.

La porte métallique avait été faussée et, par l'entre-bâillement, on apercevait la piste. Au loin, les feux d'un avion se sont alignés. Un McDonnell de l'Aerolineas Argentina. Je connaissais par cœur tous les horaires, les numéros des vols et les types d'avions.

L'air vibrait dans le vacarme des réacteurs. Le pilote a mis les gaz plein pot. L'avion a pris de la vitesse et ses phares se sont approchés à une allure terrifiante. La terre s'est mise à trembler et le rugissement des moteurs nous a cloués sur place. Luzia s'est serrée contre moi, la bouche grande ouverte. Chaque fois qu'un avion décollait, elle hurlait de toutes ses forces pour essayer de couvrir le bruit des moteurs, mais les réacteurs avaient toujours le dernier mot. Le McDonnell fonçait sur nous dans un grondement de fin du monde, tellement énorme que les premiers jours on croyait mourir à chaque décollage. Il était à deux doigts de nous écrabouiller lorsqu'il a levé le nez, juste sous nos yeux. Ses lumières se sont élevées dans la nuit et il a viré sur l'aile gauche avant de disparaître au-dessus de la Cordilera.

Les oreilles encore pleines de sifflements, j'ai proposé à Luzia de lui raconter une histoire de loup mais elle a secoué la tête en prenant Azula dans ses bras.

— Elle les aura quand, ses petits ?
— Bientôt, je pense.
— Demain ?
— Peut-être…

Je n'en savais rien, mais en quelques jours Azula était devenue vraiment énorme. Je lui ai caressé le ventre, c'était bizarre de penser qu'il y avait des chatons à l'intérieur. Luzia a commencé à chantonner l'une des berceuses avec lesquelles m'man nous endormait quand on était gamins...

> *Yo crie un palomo*
> *para mi recreo,*
> *me paso llorando*
> *cuando no lo veo*[1]...

M'man en connaissait des quantités astronomiques et avait dû nous chanter celle-ci des milliards de fois. Ce qui était incroyable, c'est que Luzia se souvenait des paroles comme si elle les avait entendues la veille. Je l'écoutais chanter, la tête remplie des images d'avant, du temps où, avec les parents, on habitait Llallagua.

P'pa au volant de son chargeur... Un engin énorme, aux roues gigantesques. Une sorte de monstre sorti de la préhistoire et qui charriait d'un coup vers les concasseurs des bennes de minerai de plus de cent tonnes. P'pa disait à qui voulait l'entendre qu'un seul des pneus de son camion-chargeur valait dix ans de son salaire, et il en était aussi fier que s'il en avait été le propriétaire. J'ai repensé à m'man, aussi. C'est le soir. La nuit est tombée depuis un bout de temps, la porte grince et m'man revient enfin de son travail devant les trieuses, les mains et le visage gris de poussière. Elle se lave rapidement dans la bassine de

---

1. «J'ai élevé un pigeon / pour mon plaisir, / et je reste à pleurer / quand je ne le vois pas.»

zinc, nous serre dans ses bras et ses muscles sont durs comme ceux d'un homme...

Tout ça m'a soudain semblé si lointain que je me suis demandé si je n'avais pas inventé toute notre vie d'avant.

Il fallait que je pense à autre chose.

— *Se volo y se fue*[1]... a murmuré Luzia.

Et elle s'est endormie d'un coup. Azula ronronnait comme un moteur et Patte-Folle ronflait déjà. Je lui ai envoyé un coup de coude pour le faire taire et je suis sorti. Les lumières des pistes clignotaient et le ciel était piqueté d'étoiles.

Un jour de chance...

C'est ce que j'avais pensé le matin, en apercevant Princesse. Mais je n'arrivais toujours pas à savoir si j'avais vu juste. D'une certaine façon, c'était à cause d'elle que j'avais failli me faire embarquer par les *macacos*. Un sale coup! D'un autre côté, c'était grâce à elle que j'avais rencontré le vieux, et grâce au vieux que j'étais ici au lieu de moisir dans les cellules de la milice.

Restait cette étrange invitation. Et là, je n'étais certain de rien...

Les lumières de la piste se sont éteintes. Il n'y aurait plus d'avions ce soir. J'allais rentrer quand j'ai aperçu une étoile filante. Fiuuuut... Une simple traînée de lumière. Une demi-seconde. Et c'était déjà fini...

«Pour être heureux, fais un vœu!» C'est ce que m'man assurait chaque fois. Mais un soir, p'pa m'avait

1. «Il a pris son vol et s'est enfui.»

dit qu'en vrai une étoile filante ne pesait que quelques grammes. Pas plus que ça.

Et quelques grammes pour être heureux, ce n'était pas beaucoup.

Quand je me suis allongé à côté de Luzia, je savais que, le lendemain, j'irais au rendez-vous.

9

Calle del Rosario. Juste derrière l'ancien *ayunta-miento*…

On n'y mettait jamais les pieds. D'ailleurs, à part quelques paumés, plus personne n'y allait.

C'était le désert. Tous les vieux taudis d'avant avaient été rasés quand le président avait décidé que le nouveau quartier d'affaires s'élèverait ici. Ce coin de pouilleux allait se transformer en un quartier de *banqueros* ultramoderne, hérissé d'immeubles de béton et de tours de verre comme à Manhattan. Il l'avait promis. Mais les chantiers s'étaient arrêtés les uns après les autres et rien n'avait été terminé. Partout, il ne restait que des pans de murs, des ruines, des gravats, des monceaux de ciment et des morceaux de ferraille rouillés. Plus personne n'était capable de dire s'il s'agissait des vestiges des anciennes constructions ou du début des nouvelles. On disait que le président s'en était tellement mis plein les poches qu'il n'y avait plus un sou pour les travaux.

Le 32, calle del Rosario était l'un des rares bâtiments encore debout. Une grande bâtisse lépreuse aux fenêtres protégées par des barreaux et qui semblait aussi déserte et abandonnée que le reste du secteur. La chaleur de la fin d'après-midi écrasait tout. Les mouches bourdonnaient et de gros lézards gris se faufilaient entre les pierres. Les quelques types qui traînaient là nous jetaient des regards par en dessous. La plupart dealaient du *bazoca*[1], et on ne faisait pas partie de leur clientèle habituelle.

Patte-Folle m'a rejoint en boitillant.

— Tu es sûr que c'est là?

J'ai de nouveau regardé l'adresse que le vieux avait écrite.

— Il y a un truc écrit au-dessus de la porte, a remarqué Patte-Folle.

Il n'avait jamais mis les pieds dans une école, Luzia n'en avait pas eu le temps et j'étais le seul à savoir lire.

— Escuela Municipal de Música[2].

— Et puis quoi encore! Pas question que j'entre là-dedans, moi!

Mais Luzia s'était déjà approchée. L'oreille collée contre la porte, elle a posé un doigt sur ses lèvres et nous a fait signe de la rejoindre.

1. Déchets de cocaïne.
2. École municipale de musique.

10

On entendait de la musique... Un truc étrange. Qui n'avait rien à voir avec ce que passaient les radios ou ce que pouvaient jouer les musiciens des rues. Des sons graves, qui bourdonnaient autour de nous et résonnaient jusqu'au creux du ventre, comme si la musique parvenait à se glisser à l'intérieur de nos corps.

Je n'avais jamais rien entendu de pareil. Ni Patte-Folle, ni Luzia. Ni personne, sûrement...

La grosse porte a grincé lorsque Luzia s'est risquée à l'ouvrir. Un couloir s'enfonçait dans la pénombre, ça puait le renfermé et la poussière. Tout au fond, un filet de lumière filtrait par une porte entrouverte. La musique provenait de là.

— On se tire, a murmuré Patte-Folle. C'est pas de la musique normale, ça.

Mais Luzia s'est avancée jusqu'au bout du couloir.

— Elle est cinglée, ta sœur. On se tire, je te dis. Ça me flanque la trouille...

Il a filé aussi vite qu'il le pouvait sur ses pattes tordues, j'ai rejoint Luzia sur la pointe des pieds. La musique nous enveloppait. Elle semblait sortir des murs, du carrelage, du plafond, de partout à la fois... Comme quelque chose de vivant.

On écoutait sans rien voir, tapis dans l'ombre. Les poils de mes bras se sont hérissés lorsque Luzia s'est décidée à faire un pas en avant. Elle s'est figée dans la lumière. Et quand je me suis approché à mon tour, mon cœur cognait comme un tambour. Je frissonnais. Je n'avais aucune idée de ce qui allait se passer.

Assis sur un tabouret au milieu de la pièce, les yeux mi-clos, le vieux serrait contre lui un instrument que je n'avais jamais vu. Une sorte de violon, mais si grand qu'il devait le serrer entre ses cuisses.

Les doigts de sa main gauche couraient le long du manche, son archet glissait sur les cordes... Toute la pièce résonnait de sa musique. Je vibrais de la tête aux pieds. Luzia s'est accrochée à mon épaule.

À deux ou trois reprises, le vieux a levé les yeux vers nous, sans surprise, avec un sourire presque invisible. Il savait qu'on était là, mais il continuait pourtant à jouer comme s'il ne nous voyait pas.

Il a terminé sur une note très longue et très grave, qui a semblé s'éloigner de nous, partir infiniment loin. Il nous regardait en souriant, sans rien dire. Le silence était gorgé de musique. On n'osait pas bouger. Ce n'est que lorsqu'il s'est incliné que Luzia a commencé à applaudir.

Il y a eu d'autres applaudissements dans mon dos. Patte-Folle nous avait rejoints.

11

— Merde, a murmuré Patte-Folle au bout d'un moment, c'est vachement beau ce que tu joues... J'en ai des frissons partout.

Je m'attendais à ce que le vieux lui dise « *Ce que vous jouez... c'est plus correct* » mais il s'est contenté de hocher la tête.

— C'est de la musique très ancienne. Voilà plus de deux cent cinquante ans qu'elle a été écrite par un certain Bach. Jean-Sébastien Bach...

— Plus de deux cent cinquante ans! Alors, c'est vraiment de la musique de vieux! Mais c'est quand même beau... Et ça s'appelle comment, un gros violon comme le tien?

— Un violoncelle. Approche, et pose ton oreille ici.

Patte-Folle a appuyé sa tête contre l'instrument. Le vieux a empoigné son archet et joué une longue note très grave. Soudé à la caisse, les yeux mi-clos, Patte-Folle a attendu qu'elle s'éteigne complètement.

— Ouaaahhh... Tu peux recommencer?

Luzia s'est approchée à pas de souris, à son tour elle a posé l'oreille contre le bois. Le vieux m'a fait signe de la rejoindre et il a recommencé à jouer tandis qu'on restait tous les trois collés à son instrument comme des sangsues.

Sa musique me traversait le corps. Elle palpitait, montait, descendait, vibrait... J'avais l'impression de faire partie de ce qu'il jouait, d'habiter à l'intérieur de son violoncelle.

Quand le vieux s'est arrêté, Luzia pleurait.

Il a sorti un mouchoir blanc de sa poche et le lui a tendu. Il devait en avoir tout un stock.

– C'est pas grave, a souri Luzia en hoquetant. C'est parce que je suis contente... Je pleure parce que je suis trop contente !

– Ce n'est pas normal, a fait Patte-Folle.

Il s'est tourné vers le vieux.

– Moi aussi. À l'intérieur, ça me fait un drôle de mélange. Comme si j'avais en même temps envie de rire et de pleurer. Tu n'aurais pas un truc plus... comment dire ?... C'est beau, ce que tu as joué. Vachement beau, même, mais trop triste... Tu n'as pas quelque chose de plus marrant ?

– De plus marrant...

Le vieux a froncé les sourcils.

– Venez.

Nos histoires de la veille étaient oubliées. On l'a suivi sans hésiter jusqu'à une petite pièce dont les murs disparaissaient derrière des étagères de disques. Il y en avait partout ! Des centaines et des centaines de disques ! Je ne savais pas qu'il pouvait y en avoir autant dans le monde entier. Et la chaîne pour les écouter était encore plus grosse que celles qu'on voyait dans les vitrines du Gigante, le plus grand magasin de la Plaza Mayor. Là-bas, elles coûtaient des dizaines de milliers de centavos!

— Tu dois quand même être drôlement riche, a remarqué Patte-Folle.

Le vieux n'a pas relevé, il fouillait parmi les disques. Il en a sorti un, j'ai jeté un coup d'œil sur la pochette pendant qu'il l'installait. La photo d'un immense orchestre. Des violons, des violoncelles, des trompettes, des flûtes… et des quantités d'instruments que je ne connaissais pas. Derrière leurs pupitres, des dizaines de musiciens levaient les yeux vers un homme impeccablement habillé, une baguette à la main, comme s'ils n'attendaient qu'un geste de lui pour jouer. L'homme à la baguette, c'était le vieux. Avec quelques années de moins, mais il n'y avait aucun doute. Son nom était écrit en grosses lettres.

Romero Villandes
Vienna New Year's Concert

Je n'avais aucune idée de ce que ça voulait dire. Le vieux m'a adressé un clin d'œil.

12

Ça a commencé par un roulement de tambour, et soudain l'orchestre entier s'y est mis. Tous les musiciens d'un coup! Ils jouaient un truc inimaginable, un énorme morceau de gaieté dans lequel chacun pouvait mordre comme dans un gâteau. Rien qu'à l'écouter, j'avais envie de galoper, de sauter, de danser, de crier... Par moments, sur le disque, les gens frappaient dans leurs mains, Patte-Folle s'y est mis, moi aussi... Luzia tournait sur elle-même. Je n'avais jamais rien entendu d'aussi entraînant. Le morceau s'est terminé dans un tonnerre d'applaudissements. Le vieux nous regardait en souriant et je l'ai imaginé le jour de l'enregistrement, très digne, devant son orchestre, avec exactement le même sourire. Content que les autres soient contents.

Patte-Folle trépignait d'excitation.

— Non mais quel pied, ce truc! Je n'en reviens pas. Et c'est toi qui as inventé cette musique?

— Non. Moi, je ne suis que le chef d'orchestre. Ce que tu as écouté, ça s'appelle la *Marche de Radetsky*, c'est Johann Strauss, qui l'a «inventée», comme tu dis, un musicien autrichien.

— Johann Strauss… C'est un copain à toi? Tu le connais?… Parce que j'aimerais trop lui serrer la main.

— Ce ne sera pas facile… Il est mort depuis pas mal de temps. Mais par contre…

Le vieux a semblé réfléchir.

— Par contre, a-t-il repris, tu pourrais peut-être arriver à jouer sa musique, un jour. Vous pourriez essayer, vous trois, et d'autres aussi qui en auraient envie…

On l'a regardé comme s'il était fou à lier. Le visage du vieux s'est plissé en une sorte de sourire plein de rides. Ses yeux n'étaient plus que deux fentes minuscules. Il ressemblait à un Chinois.

— Mais on ne sait pas, j'ai murmuré. On ne sait pas jouer de tous ces instruments, nous.

— Sauf si je vous apprends…

Patte-Folle le dévorait des yeux.

— Tu crois vraiment qu'on pourrait jouer la *Marche de Machinsky*?

— *Radetsky*. Et pourquoi pas?… Pas tout de suite, bien sûr, il faut d'abord s'entraîner, apprendre… Mais avec un peu de patience et de travail, je suis sûr que vous y arriveriez. Et que vous pourrez aussi jouer des tas d'autres choses. Des musiques gaies, d'autres plus tristes…

— Ce sera aussi bien que sur ton disque?

— Sur le disque, c'est moi qui dirige l'orchestre. Il n'y a pas de raison que ce ne soit pas aussi bien.

— Et pour les instruments? Comment on va faire?… On n'en a pas.

— Je m'en occupe, a fait le vieux. Mais trois musiciens, ce n'est pas assez. Il m'en faut d'autres. D'autres qui aient envie d'essayer.

— Nous, on n'est que trois.

— C'est déjà un début, a fait le vieux. Il y a donc Saturnino, Luzia... Et toi c'est...

— Patte-Folle.

— Mais ton vrai nom?...

— Mon vrai nom, c'est Patte-Folle. L'autre...

Patte-Folle a hésité, il m'a regardé d'un air effaré.

— Merde! C'est vrai qu'avant j'avais un autre nom... Je ne m'en souviens plus!

Il était à deux doigts de pleurer.

13

— Saturne! Hé, Saturne!

Patte-Folle me secouait l'épaule. Il faisait encore nuit.

— Moins fort! Tu vas la réveiller.

J'ai remonté la couverture sur les épaules de Luzia et Azula s'est pelotonnée contre elle.

— Hé, Saturne, je n'arrive pas à dormir… J'ai encore oublié.

— Oublié quoi?… Ton nom?

— Je m'en fous, de mon nom! Mais ce qu'on a écouté chez le vieux, c'était quoi, déjà?… La marche de qui…

— Et tu me réveilles pour ça!

— C'est important, Saturne. Je ne sais pas pourquoi, mais je te jure que c'est important! Et le pire, c'est que j'ai aussi oublié l'air.

Je faisais le malin, mais j'étais comme Patte-Folle. Je m'étais endormi en jouant du violoncelle et il me semblait que, depuis, je n'avais rêvé que du vieux et de sa musique. Le nom, je ne m'en souvenais plus. C'était un truc imprononçable. Par contre, l'air m'avait accompagné toute la nuit, j'ai sifflé le début.

– Ouais! s'est exclamé Patte-Folle. Ouais! C'est
ça! Tu es super!

On a commencé à chanter. Luzia a ouvert un œil
en nous regardant d'un air hébété.

– Vous faites quoi?

– Rien, a murmuré Patte-Folle. Viens, Saturne,
on va causer de tout ça dehors.

Le premier avion de la journée, un vieil Antonov
à hélices des lignes intérieures, n'allait pas tarder. Les
balises des pistes se sont allumées exactement au
moment où l'on sortait. On devinait au loin la masse
sombre de la Cordilera. Une mince ligne claire sou-
lignait l'obscurité du ciel et, sur les herbes, des milliards de gouttes de rosée scintillaient comme des
étoiles.

– Regarde, a rigolé Patte-Folle. C'est pour nous.
Pour accueillir les deux célèbres musiciens, Saturne et
Patte-Folle.

Il s'est incliné pour saluer face à la Cordilera
comme le vieux l'avait fait et il a sorti une demi-cigarette de sa poche.

– Peut-être qu'un jour on fera un disque, nous
aussi. Avec les gens qui applaudissent à la fin... Tu
crois que c'est possible?

Il m'a tendu son mégot. On chantonnait tous les
deux la *Marche de Machin-Chose*. On a commencé à
chanter plus fort quand le grondement de l'Antonov
a percé la nuit. Et de plus en plus fort au fur et à
mesure qu'il approchait. Quand il s'est posé devant
nous, on hurlait comme des dingues en cherchant à
couvrir le bruit des moteurs.

Je riais aux larmes. J'ai lancé un clin d'œil à Patte-Folle qui en avait aussi les larmes aux yeux. Mais j'ai mis un moment à comprendre qu'il pleurait pour de vrai. Depuis le temps que je le connaissais, je crois bien que c'était la première fois.

— Qu'est-ce qui t'arrive ?

Il a haussé les épaules en détournant les yeux.

— Mais quand on fera le disque, Saturne, qu'est-ce que je vais mettre comme nom sur la pochette ?

— Faudrait savoir. Il y a cinq minutes, tu as dit que tu t'en foutais, de cette histoire de nom !

— Je l'ai peut-être dit, mais ce n'est pas vrai ! Depuis hier soir, je cherche. Toi, Luzia, le vieux... Tout le monde a un nom. Un vrai nom. Pas une connerie comme Patte-Folle. Moi, ça fait tellement longtemps que personne ne m'a appelé par mon vrai nom que j'ai oublié.

— Mais quand même, tu sais bien comment tes parents t'ont appelé ?

Patte-Folle s'est obligé à rire.

— La seule fois que j'ai vu ma mère, c'était le jour de ma naissance. Je ne m'en souviens plus très bien... Mes pattes ont dû lui faire peur. C'est sûrement pour ça qu'elle est partie en m'oubliant. Elle n'a même pas pris le temps de me donner un nom. Le nom que j'avais, on me l'a donné plus tard. Je ne sais pas qui...

D'une pichenette, il a jeté son mégot qui est retombé dans l'herbe comme une minuscule étoile filante.

— Je suis sûr qu'elle est vachement belle, ma mère, a repris Patte-Folle. Des fois, je me dis que c'est peut-être quelqu'un qui vit là, tout près de moi, quelqu'un que je croise tous les jours au marché… Seulement, on ne se reconnaît pas. Peut-être même que je lui ai déjà parlé. Tu crois que c'est possible?

L'Antonov est arrivé en bout de piste et a fait son demi-tour. On est rentrés à l'abri. C'était mieux que personne ne nous voie dans le coin.

— Et toi, elle était comment, ta mère?…

L'avion remontait la piste. Il faisait trop de bruit pour que je réponde.

14

Le vieux ne s'était pas contenté de nous trois.

Le lendemain, on était une bonne dizaine à traîner autour de l'Escuela Municipal de Música. Des filles, des garçons, rien que dans notre genre... Des *pilluelos*, cireurs de chaussures, vendeurs de journaux, crieurs, laveurs de voitures, nettoyeurs de tombes, chiffonniers... On se connaissait tous plus ou moins, mais la plupart du temps on s'évitait. C'était déjà assez difficile de s'occuper de soi pour ne pas avoir à s'occuper des autres. Chacun son coin, chacun sa rue, chacun son boulot. C'était la règle.

Le seul qu'on connaissait un peu, c'était Tartamudo[1]. Il nous a adressé de grands signes comme si on était les meilleurs copains du monde.

— Vvvvvous auauausssi, vvvvous...

Avec lui, mieux valait abréger.

— Ouaip, on vient aussi pour la musique.

La spécialité de Tartamudo, c'était les cigarettes de contrebande. Des américaines qui passaient la Cordilera à dos de mulet, par des sentiers tellement vertigineux

1. «Le bègue».

que les douaniers crevaient de trouille rien qu'à l'idée d'y mettre les pieds. Dans la journée, Tartamudo les vendaient à l'unité sur le marché, et le soir il faisait la tournée des bars. Ce n'était un secret pour personne et un rien aurait suffi à ce que les *macacos* l'embarquent. La plupart du temps, ils se contentaient de le menacer d'amendes tellement énormes qu'il aurait passé des siècles à les payer, alors Tartamudo leur ouvrait son sac et ils se servaient par paquets entiers dans son stock.

Je me suis demandé comment il avait atterri ici. Le vieux s'était-il interposé entre lui et les *macacos* en leur rejouant la petite comédie du portable? Mais avec Tartamudo, mieux valait éviter les questions. Chaque fois, on en avait pour des heures.

Du haut des marches, le vieux nous a fait signe.

— Ah, Saturnino, Luzia… a-t-il fait avec son sourire chinois. Approchez!

Personne n'a bougé.

— Approchez, mes amis! Approchez! a répété le vieux.

Certains se sont débinés. C'était tellement bizarre, ce vieux type bien habillé qui nous appelait «mes amis»… On n'a été que six ou sept à s'y risquer. À passer devant le vieux sans même oser le regarder.

Des instruments étaient soigneusement alignés dans la pièce de la veille. Des flûtes, des violons, des violoncelles, une trompette…

Soudain, je n'ai plus très bien su ce que je venais faire là, devant ces instruments qui valaient plus que ce que je pourrais jamais gagner dans toute ma vie…

Depuis Llallagua, j'avais appris à me débrouiller seul et je ne comprenais pas ce que le vieux attendait de nous. Je ne comprenais pas pourquoi il s'intéressait subitement à une bande de *pilluelos* au lieu de continuer à diriger le bel orchestre de la pochette du disque.

Il a posé la main sur les épaules d'un type et d'une fille d'une vingtaine d'années qui étaient à côté de lui.

– Juan et Anasofia vont vous aider à choisir. Ce sont mes élèves depuis si longtemps que, maintenant, je les considère presque comme mes enfants.

Anasofia n'était pas aussi belle que ma Princesse. Certains diront même qu'elle n'était pas belle du tout. Mais dès qu'elle a souri, j'ai compris qu'elle était mille fois plus attirante, mille fois plus pétillante, mille fois plus... Pour parler de ça, faudrait des mots que je ne connais pas. Peut-être même des mots qui n'existent pas. Mais avec elle, j'étais prêt à apprendre à jouer de tous les instruments de la terre.

– Approchez, mes amis, a encore répété le vieux.

Luzia a été la première. Du bout des doigts, elle a commencé à tripoter une flûte. Elle a essayé de souffler dedans. Anasofia a pris une autre flûte.

– Comme ça, regarde...

Une cascade de notes a jailli de sa flûte, étourdissante. Luzia a souri, mais lorsqu'elle a essayé, à son tour, en soufflant de toutes ses forces, rien n'est venu.

– Plus doucement. Souffle beaucoup plus doucement...

Elle a montré à Luzia comment placer ses mains. J'avais passé la nuit à rêver de violoncelle et la journée à me souvenir de ses sonorités graves et douces, je m'étais imaginé avec ce gros instrument serré tout contre moi... Mais rien qu'à l'idée des mains d'Anasofia posées sur les miennes, j'étais prêt à me décider pour la flûte.

— Là... Vas-y, maintenant.

De nouveau, Luzia a essayé.

Rien.

Elle a recommencé peut-être vingt fois sans obtenir le moindre son. Chaque fois, Anasofia changeait imperceptiblement la position de la flûte contre les lèvres de Luzia qui reniflait, des larmes de rage au coin des yeux. Personne ne disait rien, personne ne bougeait. Luzia nous tournait le dos et tous les regards étaient fixés sur elle. On ne voyait que ses cheveux et ses bras qui étaient juste assez longs pour atteindre le bout de la flûte.

— Cette fois, tu vas y arriver. J'en suis certaine.

Je me suis mordu si fort les lèvres que j'ai senti le goût du sang sur ma langue. Je voulais qu'elle réussisse.

Luzia a posé les lèvres sur l'embouchure et un son en est sorti. Une petite note rikiki, toute tremblotante, comme un poussin qui sort de l'œuf, mais une vraie note de flûte.

— Eh bien voilà, a simplement dit Anasofia.

Luzia m'a regardé, les yeux écarquillés de bonheur.

15

Presque tous ont choisi la flûte ou le violon. Les premiers se sont réfugiés à l'étage avec Anasofia, les autres ont suivi Juan qui courait de l'un à l'autre, montrait comment tenir un archet et comment coincer l'instrument sous le menton sans le faire dégringoler.

On n'était plus que trois à hésiter encore, Patte-Folle, Tartamudo et moi. J'avais du mal à me décider entre les mains d'Anasofia et le souvenir de mes rêves de la nuit. En fin de compte, j'ai choisi le violoncelle. J'étais le seul et ça me plaisait d'avoir le vieux rien que pour moi.

On a commencé tout de suite. Il s'est assis à côté de moi pour mieux guider mon bras. Quand l'archet a glissé le long de la corde grave, j'ai vibré de la tête aux pieds. J'en avais presque les larmes aux yeux. Je ne savais pas trop pourquoi, mais le son du violoncelle me rappelait Llallagua.

– À toi maintenant…

Il m'a encouragé du regard. J'ai posé l'archet exactement comme il m'avait montré, la corde a grondé, et j'ai écouté le silence revenir, médusé d'avoir réussi.

— Ta première note, Saturnino. La plus importante. Si tu l'aimes, tu aimeras les millions d'autres qui vont suivre. C'est comme un fleuve. Rien ne peut arrêter une source qui sort de la terre.

Le vieux avait parfois des phrases que personne ne comprenait.

Autour de nous, l'Escuela se remplissait peu à peu de bruits bizarres, de sifflements, de couinements, de grincements suraigus et de raclements de cordes qui ressemblaient à des miaulements de chats furieux.

Patte-Folle s'est finalement amouraché de la seule trompette qu'avait apportée le vieux. Il a commencé à souffler dedans en compagnie d'un petit bedonnant que j'ai vu débouler, effaré et ruisselant de sueur. En s'épongeant le front, il s'est excusé mille fois auprès du vieux d'arriver si tard, et Patte-Folle l'a aussitôt appelé Chanchito[1].

— Continue, Saturnino, a fait le vieux dès que le petit bedonnant est reparti. Tu dois arriver à jouer chacune des cordes sans toucher aux autres...

La porte s'est rouverte, un garçon est entré en trimballant un violoncelle comme un déménageur et m'a jeté un regard mauvais. Je me suis arrêté au beau milieu de ma note. On s'est regardés comme des chiens.

— Qu'est-ce que tu fous là ? a-t-il grondé.

Il avait le nez de travers, posé comme une patate au milieu du visage, avec une sacrée bosse au milieu, et c'était mon œuvre.

1. «Le petit cochon».

Deux ou trois fois déjà, Zacarias avait essayé de racketter Luzia en lui piquant l'argent des cartes postales qu'elle vendait aux touristes. Ce minable ne s'attaquait qu'aux plus petits. Il avait eu tort de s'en prendre à Luzia. J'avais tapé là où ça faisait le plus mal, il en était ressorti le nez cassé, à gueuler comme un cochon en pissant le sang jusque dans la poussière. Et j'étais prêt à le fracasser morceau par morceau s'il recommençait.

— Hé, Saturne! Je te parle. Qu'est-ce que tu fais là?

J'ai joué au sourd. S'il n'était pas capable de comprendre tout seul ce que je faisais, mieux valait qu'il retourne à ses petits trafics.

— Je vois que vous vous connaissez, a fait le vieux, tous sourires dehors.

Je me suis concentré sur mon violoncelle. J'essayais de sortir un son correct de ma corde de *sol* et ce n'était pas gagné. Les autres cordes étaient tellement proches que j'en attrapais toujours deux à la fois.

Zacarias s'est assis et le vieux est passé derrière lui pour lui montrer comment tenir l'archet. Il a employé les mêmes mots qu'avec moi, lui a montré les mêmes gestes.

Ça ne me plaisait pas de devoir partager le vieux.

16

Il faisait nuit depuis longtemps quand on a quitté l'Escuela. L'humidité qui descendait de la Cordilera nous a happés.

— Et je compte sur vous demain! a lancé le vieux en nous regardant partir. Quand vous voulez. Il y aura toujours quelqu'un pour vous prêter un instrument et vous aider.

— Même la nuit? a demandé Patte-Folle de loin.

Le vieux n'était plus qu'une petite silhouette sombre sur le perron de l'Escuela, mais j'ai deviné son sourire.

— Et pourquoi pas?...

On s'est éloignés. Le seul que je n'avais pas revu, c'était Tartamudo, personne ne savait où il était passé.

— De toute façon, a rigolé Patte-Folle, s'il bégaie autant avec une trompette que dans la vie, on n'est pas près de l'entendre.

Un bruit de cavalcade l'a fait taire. Un homme est passé à quelques mètres de nous en courant comme s'il avait le diable à ses trousses. Il haletait. Il nous a jeté un coup d'œil effaré et s'est engouffré dans une ruelle. Presque aussitôt, les hurlements d'une sirène ont déchiré la nuit, les éclairs bleus d'un gyrophare ont percé l'obscurité et une voiture est passée en trombe derrière l'ancien *ayuntamiento*. Un de ces gros 4x4 Chevrolet dans lesquels les *macacos* sillonnaient la ville. Ils ont pilé net devant la ruelle et se sont rués dehors, leurs armes à la main. Plaqués dans l'ombre, on n'osait plus bouger. On n'a rien vu, juste entendu des cris, un coup de feu assourdi... Luzia s'est cramponnée à mon bras. Les *macacos* ont réapparu en traînant l'homme qui gémissait. Ils l'ont jeté dans leur 4x4 et sont repartis dans un crissement de pneus. Allongé le long d'une palissade, un type les regardait d'un œil vitreux, un sac de colle à la main. Il s'est mis à rigoler tout seul, les épaules secouées de tremblotements.

Après les quelques heures passées en compagnie du vieux, j'avais l'impression de replonger dans un monde terrifiant. On a filé. Il fallait qu'on rentre si on voulait arriver à temps au marché, demain.

Les voitures fonçaient à toute allure sur la route de l'aéroport. Leurs phares nous éblouissaient et elles nous frôlaient de si près que chaque fois on se sentait aspirés comme des poussières. Mais c'est à peine si j'y faisais attention. Je cherchais à oublier ce qu'on venait de voir, je ne voulais penser qu'à ce moment passé à l'Escuela. J'avais réussi à faire sonner séparément les quatres cordes de mon violoncelle. *Do, sol, ré, la...* Sur un cahier, le vieux m'avait montré les notes, perchées sur leurs lignes. Je n'y comprenais rien, mais ça me plaisait.

Patte-Folle m'a rattrapé en se déhanchant. Il devait tellement se tortiller pour avancer qu'on avait toujours l'impression qu'il allait se casser en plusieurs morceaux.

— Hé, Saturne! Pour notre disque… J'en ai parlé à Chanchito, tu sais, le petit gros qui me montre pour la trompette. Il a eu l'air un peu surpris, mais je suis sûr que l'idée lui plaît bien.

Il a fait quelques pas en silence.

— Juste, ce qui m'ennuie pour la pochette, c'est que je ne sais toujours pas comment je m'appelle.

17

On était presque arrivés à l'aéroport quand une grosse Chevrolet noire a débouché devant nous, tous phares éteints.

On n'a pas eu le temps de filer. Pas même le temps d'y penser, le faisceau d'une torche nous a éblouis. On s'est figés sur place, j'ai levé la main pour me protéger les yeux, mais une voix a claqué comme un fouet.

— Bouge pas, toi !

Le type nous braquait sa torche en plein visage, il nous détaillait un par un. Moi d'abord, puis Luzia et Patte-Folle. La lumière est revenue sur moi.

— Tiens, tiens ! Mais qui voilà ?... Une vieille connaissance !

C'était la voix du *sargento* de l'autre jour. Rien qu'à l'entendre, j'étais trempé de sueur. J'ai lâché la main de Luzia, pour qu'elle puisse filer si ça tournait mal.

— Alors, *ladronito*[1], tu as perdu ton ange gardien ?

Je n'ai rien répondu.

— Ma parole, tu as aussi perdu ta langue !

— Non, *señor sargento*...

Ma voix a dérapé vers les aigus.

1. « Petit voleur ».

— Le *señor* Villandes, je viens juste de le voir... On sort de chez lui. On a fait... On a fait de la musique.

— De la musique! Voyez-moi ça!

Les autres ont eu un rire gras. Le sergent s'est approché.

— Tu vois, *ladronito*, je n'ai pas beaucoup aimé ce qui s'est passé l'autre jour... Et puis je n'aime pas non plus les petits merdeux comme toi. Il y en a trop dans ce pays. Beaucoup trop. Ça fait désordre, tu ne trouves pas? Mais ce que j'aime encore moins, c'est qu'on m'empêche de faire mon boulot sous prétexte qu'on connaît le président. Ce n'est pas correct, comme dirait ton ange gardien. L'autorité d'un sergent de la milice, ça se respecte.

Il a allumé une cigarette et m'a soufflé la fumée en plein visage. J'étais glacé de trouille. Derrière moi, Luzia s'accrochait à mes vêtements. Dans l'ombre, j'entendais la respiration hachée de Patte-Folle. Le sergent a fait un pas vers moi, il puait la bière.

— Dis donc, quand je fais le compte, ça en fait, des choses que je n'aime pas quand je te rencontre...

Il a tiré son flingue de sa poche et l'a mis bien en évidence dans la lumière de sa torche. Luzia a laissé échapper un cri.

— Ne t'inquiète de rien, ma cocotte. Ce n'est pas pour toi.

Il lui a tapoté les cheveux et Luzia a bondi en arrière. Il tripotait son arme, à deux doigts de mon visage.

— Tu vois, dans ce pays, on est quelques-uns à se dire que l'air serait plus pur et le paysage plus beau sans les loqueteux, les pouilleux et les *pilluelos* dans ton genre. Vous puez la crasse et vous emmerdez les honnêtes gens, à mendier dans les rues comme vous le faites. Il suffirait de pas grand-chose, tu sais... Que je mette un silencieux, là, par exemple... Et pouf! Personne ne s'apercevrait de rien, n'entendrait rien. On te retrouverait demain. Ou peut-être jamais. Règlement de compte entre petites frappes. Affaire classée et bon débarras!

Je claquais des dents. Je repensais à Vargas et Oscar. C'est comme ça qu'ils avaient fini, j'en étais sûr. Ils étaient tombés sur une patrouille de *macacos* qui avaient envie de s'amuser après avoir vidé quelques bières. Ou bien ils les avaient agacés sans même s'en rendre compte... Tout était possible, et des types comme le sergent étaient capables de tout. J'ai aussi repensé à p'pa. Pour lui aussi, les choses s'étaient peut-être passées de la même façon, sur cette petite route perdue du côté de San Angelo. Personne n'en saurait jamais rien.

Il a armé son flingue avec un claquement sec et l'a dirigé sur moi. Une vague de chaleur humide a dégouliné le long de mes jambes. Je pissais dans mon pantalon. Le sergent a eu un sourire. Sa torche a éclairé la tache sombre qui s'étalait sur le tissu crasseux pendant que les autres riaient.

Il a effleuré ma joue du canon de son arme.

— Tu vois... Ce serait simple. Mais tu sais pourquoi je ne vais rien te faire?

J'ai secoué la tête.

— Pour que tu aies peur, *ladronito*. Simplement peur. Pour que tu en pisses de trouille comme tu viens de le faire!

Il a rangé son arme et les trois *macacos* se sont éloignés vers la Chevrolet en roulant des mécaniques.

– Mais je ne t'oublie pas pour autant, mon ami. On a un petit compte à régler, tous les deux. Pas vrai?

18

J'ai passé la nuit à crever de peur. J'épiais les moindres bruits de pas, je guettais les plus petits bruissements, le grondement des voitures qui passaient là-bas, sur la route de l'aéroport. Je m'attendais à voir le sergent surgir à tout instant, son arme pointée sur moi.

J'étais tellement à bout de nerfs que j'ai hurlé lorsque les premières rafales du Mensajero[1] ont ébranlé le toit de notre abri. Je suis resté un long moment pétrifié, ruisselant de sueur et grelottant de la tête aux pieds avant de comprendre qu'il ne s'agissait que du vent qui s'était engouffré sous les tôles.

Pour que tu aies peur, ladronito. *Simplement peur...* avait dit le sergent.

Je me suis essuyé les yeux d'un revers de main. Il était un expert.

Chaque année, à la même époque, le Mensajero se levait brutalement. Il soufflait en grosses bourrasques qui secouaient les maisons, affolaient les chiens et soulevaient la poussière des chemins. Venues de l'océan, d'énormes masses de nuages noirs envahissaient le ciel,

1. «Messager».

elles annonçaient le début de la saison des pluies qui allait transformer le pays en éponge pour des semaines.

Sept jours après le Mensajero
Il tombera toujours de l'eau.

M'man était une véritable mine d'histoires, de contes, de chansons et de proverbes. Je crois bien qu'elle en connaissait un pour chacun des jours de l'année. Je les avais presque tous oubliés mais je me souvenais de celui-ci.

Dehors, le vent s'est déchaîné. En quelques minutes, l'air est devenu poisseux, chargé d'une humidité froide qui suintait le long des murs. Les tôles du toit claquaient et les herbes sifflaient comme des couleuvres mais, malgré tout ce tintamarre, j'étais le seul à être éveillé. J'ai piqué un mégot dans la poche de Patte-Folle et je me suis enroulé dans ma couverture en frissonnant.

Je détestais le Mensajero. Il ne me rappelait que de mauvais souvenirs depuis que, trois ans plus tôt, il m'avait réveillé en pleine nuit.

Je venais d'avoir onze ans et Luzia n'était encore qu'une petite puce de quatre ans. À l'époque, on habitait Llallagua, dans les baraquements de deux pièces construits pour les ouvriers à proximité des mines d'étain qui trouaient tout le coin comme une gigantesque fourmilière.

Ça faisait trois semaines que tous les mineurs étaient en grève. Non seulement à Llallagua, mais dans tout le pays. Dès les premiers jours, des brigades entières de *macacos* avaient pris position devant la mine, des centaines d'hommes casqués, armés de matraques et de fusils lance-grenades. Le bruit courait qu'ils avaient aussi des armes de tir et qu'ils n'attendaient qu'un ordre du président Ayanas pour charger et écraser les grévistes. P'pa a été l'un des premiers à leur barrer le passage. Au volant de son énorme camion-chargeur, il s'est avancé jusqu'aux premiers rangs des brigades et les a obligés à reculer sous les applaudissements et les cris déchaînés de ceux de la mine qui assistaient au spectacle. Il est aussitôt devenu l'un des meneurs du mouvement.

Le Mensajero s'est levé au cours des journées qui ont suivi. À Llallagua, on était habitués à la poussière de la mine, mais lorsque le vent soufflait, ça devenait intenable, même pour ceux qui vivaient là depuis des années. On mangeait la poussière, on la respirait, du matin au soir, on vivait dans son brouillard roussâtre, elle était partout...

Depuis le début de la grève, presque chaque jour, les mineurs armés de pioches et de barres de fer se heurtaient aux *macacos* qui répliquaient à coups de matraque et de grenade lacrymogène. Leurs cris se mêlaient aux hurlements du vent. Ni les uns ni les autres n'étaient des anges et ça cognait dur. Si dur qu'au cinquième jour de vent on a ramassé des morts des deux côtés et que le président a enfin envoyé un négociateur pour discuter d'un accord avec les grévistes. La première réunion a été fixée deux jours plus tard à San Angelo, un endroit neutre à une cinquantaine de kilomètres de la mine. Un car passerait prendre les représentants des mineurs et p'pa ferait partie du voyage.

Dans la nuit qui a précédé, le Mensajero a redoublé de violence. Ses rafales secouaient notre baraquement comme s'il avait décidé d'en finir une fois pour toutes avec la race humaine. Elles s'engouffraient en hurlant entre les planches et m'ont réveillé en pleine nuit. Il était deux ou trois heures du matin et, dans la pièce d'à côté, la lumière était toujours allumée. C'était tellement inhabituel que je me suis glissé jusqu'à la porte. Les parents discutaient entre eux à voix basse. Je n'entendais pas tout à cause du vent mais j'ai compris que m'man suppliait p'pa de ne pas aller à cette réunion. C'était une ruse grossière pour neutraliser les meneurs, disait-elle. Ils allaient tous se faire arrêter. Ou pire.

« C'est un piège, Stepano ! N'y va pas ! » J'entendais encore la voix rocailleuse de m'man.

– Ils ne peuvent pas faire ça, Martha, a répondu p'pa, on est bien trop nombreux.

La saison des pluies a débuté le matin même, quand il s'est installé dans le car avec d'autres leaders du syndicat. Il pleuvait des cordes et le vent soufflait si fort que la pluie semblait horizontale.

Sept jours après le Mensajero
Il tombera toujours de l'eau.

Le car a démarré et p'pa m'a fait signe par la vitre mais je n'y ai pas trop fait attention parce que les copains venaient de capturer une grenouille et qu'on en cherchait une seconde pour qu'elles se battent entre elles comme elles faisaient parfois à la saison des amours.

Le lendemain, un type en costume sombre est venu annoncer à m'man et aux autres que les pluies avaient provoqué une coulée de boue sur la route de San Angelo. Le car avait été entraîné. Les corps de p'pa et des autres mineurs étaient ensevelis sous des tonnes et des tonnes de roche et de terre, au fond d'un ravin tellement encaissé qu'il était impensable de les sortir un jour de là. Il n'y avait aucun survivant et le président Ayanas présentait ses condoléances aux familles.

Sur l'écusson agrafé à la veste de l'homme, le visage du président Ayanas grimaçait et gigotait comme un pantin à chacun de ses gestes. Je ne regardais que ça, incapable de m'en détacher.

On n'a rien su d'autre, mais personne ne pouvait croire à cet accident. Pour les uns, la route avait été minée au passage des syndicalistes ; pour d'autres, la direction du car avait été trafiquée. Certains soutenaient même qu'il n'y avait jamais eu d'accident. Que p'pa et les autres étaient emprisonnés dans l'un de ces camps où Ayanas enfermait les opposants et dont on ne revenait jamais. Personne n'avait vu ces camps et personne ne savait exactement où ils étaient situés, mais beaucoup prétendaient qu'ils étaient du côté de la frontière, perdus quelque part sur les hauts plateaux. Là où le froid racornit les hommes et où le vent les use tant qu'il n'en reste rien.

Le jour de l'enterrement de p'pa, tous les cercueils étaient vides. Sous la pluie qui tombait à verse, on a arrosé d'essence les couronnes que le président avait envoyées. C'est m'man qui a gratté l'allumette et elles ont brûlé malgré les trombes d'eau.

Le syndicat des mineurs a embauché un avocat qui est mort quelques jours plus tard dans un accident de la route, écrabouillé par un poids lourd qu'on n'a jamais retrouvé. Là, tout le monde a compris. Jamais on ne saurait la vérité sur ce qui s'était passé le jour où p'pa et les autres étaient morts sur la petite route encaissée du *cañon* de San Angelo.

Le travail a repris à la mine deux jours après l'accident, sous la surveillance des *macacos*. M'man, qui jusque-là avait travaillé au triage du minerai, s'est vu attribuer un nouveau poste dans le vacarme assourdissant des broyeuses. Elle travaillait désormais au milieu d'une poussière encore plus suffocante qu'avant sur des machines si dangereuses qu'il ne se passait pas une semaine sans un accident...

J'ai écrasé mon minuscule bout de mégot à même le sol. Une rafale plus violente que les autres a secoué notre abri et j'ai frissonné en entendant le vent glapir comme un renard. Patte-Folle s'est redressé d'un coup. Il a regardé autour de lui, l'air un peu égaré, m'a aperçu et s'est mis à rigoler.

— Je rêvais que je jouais de la trompette et que Chanchito était drôlement étonné de mes progrès. Mais c'est le vent...

Les bourrasques se ruaient contre la porte, à deux doigts de la faire voler en éclats.

— Les pluies vont bientôt commencer, a repris Patte-Folle à mi-voix. Tant mieux.

Je l'ai regardé sans comprendre. Les touristes étaient comme les oiseaux, ils filaient dès le début de la mauvaise saison, je ne comprenais pas ce qu'il y avait de si bien à perdre l'essentiel de notre gagne-pain et à crever de froid sous la pluie.

Patte-Folle a souri.

— Ce que je veux dire, c'est qu'on aura bien plus de temps pour aller à l'Escuela.

19

En une seule journée, le Mensajero a balayé du marché les derniers touristes qui y traînaient encore.

Quand on est arrivés, le lendemain matin, il était presque désert, noyé dans des tourbillons de poussière. Le vent soufflait à n'en pas finir et, à la moindre rafale, les vieux journaux et les sacs plastique voltigeaient comme de grands rapaces déglingués. La plupart des marchands n'ont même pas pris la peine de s'installer. Il ne restait que la grosse Anita, qui vendait ses bols de *mote* quel que soit le temps, et les paysannes de la Cordilera, alignées devant leurs marchandises comme des pierres le long des murs.

Nos meilleurs clients s'étaient envolés. On s'est installés sur le Curso Bajo, en face de l'Avenida Nacional, à guetter les *banqueros* qui traversaient l'avenue à demi courbés, luttant contre le vent.

— Chaussures, *señor* ! Elles seront comme neuves !

Mais la plupart ne répondaient même pas, ils fonçaient tête baissée vers leurs bureaux. En fin d'après-midi, quand les derniers d'entre eux sont repassés en sens inverse et qu'on a été certains de ne plus gagner un centavo, on a filé à l'Escuela.

En chemin, on s'est fait aborder par un junkie aux yeux vitreux qui nous a proposé de la dope.

— *Bazoca !* Tu cherches de la *bazoca* !

Il tenait à peine debout et ricanait de toutes ses dents pourries. Il ne pouvait pas deviner qu'on avait mille fois mieux en tête.

Au milieu des ruines de l'ancien quartier, la grande bâtisse de l'Escuela était éclairée comme un bateau et retentissait d'une cacophonie qui a plongé Patte-Folle dans une excitation incroyable. Il sautillait comme un ressort et manquait de s'étaler à chaque pas à cause des ses jambes tordues.

— Merde ! Non mais je rêve ! Tu entends ça, Saturne ? Tu entends ?

Chanchito attendait Patte-Folle et Luzia a rejoint Anasofia au premier étage. J'ai aperçu Tartamudo au moment où j'allais retrouver le vieux.

— Hé, Tarta ! Alors ? Tu joues de quoi, finalement ?

— T'occ, t'occ, t'occccupe !

Et il s'est engouffré dans l'une des pièces de l'Escuela sans même me regarder.

Le vieux m'a accueilli avec son sourire chinois. Zacarias était déjà là, planqué derrière son gros pif de boxeur. Je me suis assis en face de lui, il a fait semblant de ne pas me remarquer et la leçon a commencé.

Le vieux passait derrière nous et, sans jamais s'énerver, nous montrait comment sortir des sons qui nous remuaient jusqu'au fond du cœur. On s'est échinés sur nos violoncelles pendant près de deux heures. J'en avais des cloques au bout des doigts. Mais désormais, rien ne comptait plus que cette musique que je n'avais jamais entendue.

— On va s'arrêter là pour aujourd'hui, a enfin décidé le vieux.

Je lui ai rappelé que je lui devais une vie entière de chaussures cirées.

— Tu sais que, rien que pour ça, je serais capable de finir centenaire !

Il s'est assis sur un banc et j'ai briqué le cuir des ses chaussures tandis qu'il fredonnait quelque chose en battant la mesure.

Ce soir-là, quand on est rentrés, Azula est restée introuvable. Comme si elle s'était enfuie.

Les larmes aux yeux, Luzia l'a cherchée et appelée en vain, jusqu'à ce qu'elle la déniche enfin, terrée dans un trou du mur. Un fouillis rosâtre de pattes minuscules et de museaux humides gigotait doucement sous son ventre. Elle nous avait fait trois petits que Patte-Folle est resté à contempler pendant un temps fou sans dire un mot.

Dehors, le vent hurlait comme une meute.

20

Le septième jour, le vieux a décidé de nous apprendre notre premier vrai morceau.

– Un menuet, nous a-t-il dit. Il ne se joue que sur quelques notes, mais c'est une petite pièce charmante.

Une petite pièce charmante... Le «maestro», comme l'appelait parfois Anasofia, sortait vraiment d'une autre planète!

Je n'avais aucune idée de ce que pouvait être un menuet et Zac pas beaucoup plus. Le vieux l'a d'abord joué devant nous pendant que, dehors, le Mensajero se déchaînait. Les courants d'air mugissaient sous les portes et l'Escuela craquait comme si elle allait s'écrouler, mais avec Zac on n'écoutait que le violoncelle du vieux.

Et on s'est mis au menuet. Chacun dans son coin, Zac d'un côté, moi de l'autre. Note après note. Le vieux chantonnait, plaçait nos doigts sur la corde, nous montrait... Il nous ouvrait des partitions photocopiées sous le nez et suivait du doigt ces dizaines de petites billes blanches et noires qui sautillaient d'une ligne à l'autre. On n'y comprenait absolument rien, mais on jouait quand même. On se plantait, on recommençait, on se replantait et on rerecommençait. J'avais le dos en compote et le bout des doigts raboté à force d'appuyer sur les cordes mais j'étais prêt à mes les user jusqu'à l'os.

Dès le lendemain, le vieux nous a proposé de jouer ensemble. Avec Zac, on s'est regardés sans un mot.

— Juste le début du menuet pour...

La phrase du vieux s'est envolée dans un glapissement du vent.

— C'est tout simple, a-t-il repris, je compte jusqu'à quatre et, à quatre, vous commencez bien ensemble, comme ça...

Il nous a montré comment démarrer à « quatre » et a levé les bras.

— Vous êtes prêts ? Deux, trois, quatre...

Ce n'était pas facile de partir ensemble. Et d'ailleurs, cet abruti de Zac a démarré trop tard.

— Trois, quatre... a répété le vieux.

Ça a foiré dès la première note.

— Non... Tu es encore parti trop tôt, Saturnino.

Je l'ai regardé d'un air outragé. Il n'avait pas dû chausser ses bonnes oreilles, parce que c'était Zac qui était encore en retard. J'en étais sûr.

De plantages en cafouillages, on a fini par y arriver. Juste les quelques notes du début, mais c'était soudain tellement beau qu'on s'est aussitôt arrêtés, incapables d'aller plus loin.

— Merde ! a fait Zac. C'est magnifique !

On commençait à parler comme le vieux, à reprendre ses expressions. C'était plus que magnifique, mais le vieux ne nous a pas lâchés pour autant.

— Deux, trois, quatre...

On s'y est recollés, concentrés sur nos instruments. Le vieux chantonnait en même temps qu'on jouait. Parfois, on s'embrouillait dès le début, souvent à cause de Zac, malgré ce qu'en disait le vieux, mais dès qu'on réussissait à démarrer presque ensemble, la magie revenait, on grignotait quelques notes de plus et on recommençait. J'avais mal partout et le bout des doigts en feu, mais j'aurais tout donné pour y arriver.

Je n'ai relevé la tête que lorsque le vieux a décidé que l'on reprendrait le lendemain. La pièce était pleine de monde. Anasofia, Luzia, Juan, Patte-Folle, Chanchito, Tartamudo, et d'autres... Ils étaient tous là, à nous écouter.

21

Au petit matin, la pluie s'est mise à tambouriner si brusquement sur les tôles de notre cabanon que j'ai sursauté. Les gouttes crépitaient comme des volées de cailloux. En quelques instants, la grisaille a tout envahi. La Cordilera s'est dissoute dans un brouillard impénétrable. On habitait les nuages.

Sept jours après le Mensajero
Il tombera toujours de l'eau.

La saison des pluies débutait pile comme m'man le disait à Llallagua.

Le Boeing de l'American Airlines s'est pointé à l'heure habituelle. Le bruit de ses moteurs couvrait à peine le vacarme de la pluie et on l'entendait tourner au-dessus de la piste dans l'attente d'une trouée de nuages pour se poser. Mais quand ses gros phares ont enfin percé le brouillard, à quelques mètres du sol, il était déjà presque en bout de piste et fonçait droit sur nous. Droit sur les contreforts de la Cordilera. Le pilote a remis les gaz en catastrophe. Le nez du Boeing s'est redressé, le vacarme de ses réacteurs nous a déchiré les tympans, ses roues ont frôlé le toit de notre abri et l'avion a disparu sous les trombes d'eau, avalé par les nuages.

— *Hijo de puta !* a braillé Patte-Folle. Je comprends pourquoi personne n'en veut, de cette cabane !

Il a tenté d'allumer une demi-cigarette toute ramollie et a fini par renoncer en haussant les épaules.

— Trop humide, a-t-il grogné.

Mais sa main tremblait tellement que son mégot est tombé sur le ciment trempé.

— Pas un temps de cireur de chaussures, ça... De toute façon, il n'y aura personne au marché.

On s'est regardés.

— Tu penses à ce que je pense ?

— Ouaip !... Ça ne servirait à rien de s'installer. Du temps de perdu. Tu as de quoi manger un morceau ?

J'avais assez d'argent pour Luzia et moi, et de son côté Patte-Folle a sorti, en rigolant, quarante centavos de sa poche. On allait s'offrir une journée de vacances.

On a emballé nos couvertures dans une grande bâche bleue que j'avais fauchée sur un chantier en prévision de la saison des pluies, Azula y a transporté ses petits un par un pour s'y abriter et on a filé sous la pluie battante en direction de l'Escuela tandis que Luzia chantonnait.

Trois hommes en noir sur le chemin
Cache-toi vite derrière ta main...

22

On est arrivés trempés jusqu'aux os, Patte-Folle avait ajouté à la comptine de Luzia un dernier couplet qu'on braillait à tue-tête sans se soucier qu'on nous entende. Le crépitement de la pluie couvrait nos voix.

Ce crétin de sargento
puait comme un macaco
quand le vieux a dit bien haut
qu'il n'était qu'un gros salaud.

— Mais vous êtes complètement fous! Regardez dans quel état vous êtes!

Anasofia nous fixait d'un air catastrophé et Patte-Folle se tordait de rire. On ruisselait comme des serpillières en pataugeant dans les flaques qui se formaient à nos pieds.

Elle a déshabillé Luzia de la tête aux pieds et l'a séchée dans une grande serviette avant de l'emmailloter dans un pull dix fois trop grand qui lui descendait jusqu'aux chevilles. Elle voulait aussi qu'on se change, mais Patte-Folle a juré que, lui vivant, jamais il ne se déshabillerait devant une fille.

Anasofia a levé les yeux au ciel.

— De toute façon, pas question de toucher aux instruments tant que vous êtes trempés!

Elle est revenue avec une brassée de pantalons, de chemises et de tee-shirts. Rien que des vieilles fringues usées de Juan et du *señor* Villandes, nous a-t-elle dit. J'ai déniché un pantalon et une chemise. Je n'avais jamais rien porté d'aussi beau.

— Ils sont tous millionnaires, là-dedans, m'a soufflé Patte-Folle en se tortillant pour enfiler un ancien jogging de Juan.

Un vrai jogging, c'était son rêve depuis longtemps. Avec ses jambes de crapaud, il ne pouvait pas jouer au foot dans la rue avec les autres, ni courir, ni rien, mais il aurait tout donné pour un jogging. Le pantalon était mille fois trop long et pendouillait de partout, mais il s'en foutait. Il l'a roulé juste assez pour ne pas se casser la figure et m'a montré les grosses lettres blanches imprimées sur le devant.

— Hé, Saturne, qu'est-ce qu'il y a écrit, là?

— Indiana University. C'est un truc d'Américain.

— Classe! Quand on fera le disque, je le mettrai pour la photo. Ça fera bien, non?

Il s'est assis sur les marches de l'escalier et a commencé à frotter sa trompette comme un forcené, jusqu'à ce qu'il n'y ait plus la moindre trace de doigt sur le métal.

— Regarde-moi ça, Saturne. On dirait de l'or...

Il l'a éloignée de lui en la faisant scintiller à la lumière.

— Jamais je n'aurais imaginé avoir un truc aussi beau entre les mains...

Zac n'était pas là. J'ai joué seul pendant un moment mais ce que je faisais était tellement moche que j'ai fini par abandonner. Quand le vieux est arrivé, au début de l'après-midi, j'avais le moral à zéro.

— J'ai tout oublié, ai-je grogné sans même le regarder.

— Tu n'as rien oublié du tout! C'est simplement parce qu'il pleut, le bois a travaillé.

Il a accordé mon instrument avant de s'asseoir en face de moi avec le sien. On a repris le menuet. Il me montrait les notes, la position des doigts, celle de l'archet, je répétais jusqu'à ce qu'il hoche la tête et on reprenait au début.

Je ne me suis arrêté que lorsque le bout de mes doigts a ressemblé à de la pulpe de tomate

— Tu progresses, Saturnino. Tu progresses. À ce rythme-là tu vas bientôt me dépasser.

Dehors, la pluie se fracassait sur le toit et noyait l'ancien quartier dans une effroyable bouillasse.

— Je voulais vous…

Je me suis arrêté en me mordant les lèvres. Jamais je ne m'étais adressé directement au vieux.

— Tu voulais quoi?

— Je voulais vous demander… Le président, c'est vrai que vous le connaissez?

Le visage du vieux s'est plissé en une sorte de grimace.

— Couci-couça… C'est une vieille histoire.

— Mais le numéro de téléphone que vous avez fait l'autre jour devant le *sargento*, c'était bien le sien?

Il sortit son portable – un truc de millionnaire, aurait dit Patte-Folle – et il a tripoté quelques touches avant de me le tendre. «Ayanas», ai-je déchiffré sur l'écran bleu. Juste en dessous, il y avait un numéro de téléphone. Le numéro direct du président!

– Et... il va me répondre, là?

Le vieux a secoué la tête.

– Non. Mais si tu veux l'appeler, il suffit d'appuyer sur la petite touche verte.

J'ai posé le doigt sur la touche. J'avais Ayanas à portée de main. J'en tremblais, tellement ça semblait facile. Juste appuyer là... J'ai hésité une demi-seconde. Je ne quittais pas les chiffres noirs des yeux, je les incrustais au fond de ma mémoire pour ne pas les oublier. Le vieux me laissait faire. Je lui ai rendu son portable.

Il a pris son violoncelle et a commencé à jouer comme si je n'étais pas là, mais il s'est arrêté au bout d'un moment.

– Et qu'est-ce que tu lui raconterais, au président?

– Rien, ai-je menti. C'était juste pour savoir.

Au regard qu'il m'a jeté, j'ai compris que le vieux n'en croyait pas un mot, mais il n'a rien ajouté.

Dire tout haut ce qu'on pensait du président, c'était exactement le genre de chose à ne jamais faire. On ne savait jamais sur qui on pouvait tomber. Le bruit courait que les *macacos* étaient capables d'entendre ce qui se chuchotait jusque dans le lit des amoureux et que tous les téléphones du pays étaient sur écoute.

Dans la pièce d'à côté, quelqu'un jouait d'un drôle d'instrument. Je n'avais jamais rien entendu de pareil et je n'avais aucune idée de ce que ça pouvait être.

23

Le vieux me regardait toujours. En sourdine, j'entendais la pluie et, plus bas encore, le son bizarrement doux et aigu de cet instrument.

Alors j'ai commencé à parler de ce qui s'était passé à Llallagua, trois ans plus tôt. C'était la première fois que je déballais mon histoire. Bien sûr, ceux de la mine la connaissaient, mais avec le vieux ce n'était pas pareil. J'étais presque certain qu'il n'avait jamais mis les pieds dans une mine. Les mots venaient tout seuls. Je lui expliquais, le travail là-bas, les mineurs, la grève, le camion-chargeur de p'pa, le *cañon* de San Angelo... Il m'écoutait, son violoncelle serré contre lui.

Je me suis arrêté à la mort de l'avocat.

— Et ensuite? a-t-il demandé.

— Ensuite, on est restés seuls, Luzia et moi, avec m'man.

La pluie s'écrasait contre les vitres. Le vieux attendait que je parle.

— Pendant des mois, elle a travaillé aux broyeuses. Là-bas, on les appelait les ogresses... C'était un des postes les plus fatigants, à cause du bruit et de la poussière. Mais surtout un des plus dangereux. Il y avait sans arrêt des accidents. Fallait faire attention à chaque seconde. Les broyeuses ne font pas de différence entre un bras et un morceau de minerai. Ce n'était pas un poste pour m'man. Depuis la disparition de p'pa, elle était trop à bout de nerfs pour ça. Deux ou trois fois, elle a demandé à changer. Elle devait sentir que ça finirait mal, mais elle était la femme d'un syndicaliste, la grève avait duré des semaines et avait coûté des millions aux compagnies minières. La direction n'a jamais accepté...

La pluie tombait comme si ça devait ne jamais finir et le vieux m'écoutait sans bouger, les paupières plissées. J'ai revu tout ce qui s'est passé ce jour-là. Chaque détail. Chaque seconde.

– J'étais à l'école quand c'est arrivé. Il faisait une chaleur à faire fondre les pierres, mais on était quand même obligés de fermer les fenêtres à cause de la poussière. Elle était partout, à s'incruster entre les pages de nos cahiers, à se glisser sous nos vêtements, et jusque entre nos dents. On vivait dans son brouillard perpétuel... Quand j'ai aperçu la silhouette du *capataz*[1] qui émergeait de toute cette saloperie, j'ai tout de suite compris que c'était pour m'man. Il est entré dans la classe en tortillant sa casquette entre ses doigts, il évitait mon regard. «Saturne... Je peux te parler ?» Je me suis levé comme un automate. Les autres me regardaient. Ils savaient déjà... Moi aussi, je savais. Tout le monde savait.

1. «Contremaître».

24

J'entendais toujours le son étrange de cet instrument, dans la pièce d'à côté.

— Le jour où je téléphonerai au président, je lui raconterai ce qui s'est passé à Llallagua… Tout est sa faute.

— Je comprends, a dit le vieux.

Sa voix tremblait. Je voyais à peine son regard, noyé au milieu d'un fouillis de rides.

J'ai soudain pensé qu'il était en train de me mentir. Il ne pouvait pas comprendre. C'était impossible. Personne ne pouvait comprendre, surtout pas un type qui dînait en tête à tête avec le président.

La colère m'a submergé d'un coup. Je me suis précipité dans le couloir en criant:

— C'est pas vrai! Vous ne comprenez rien! Rien du tout! Sinon vous ne seriez pas l'ami de ce salaud! Pourquoi est-ce que vous dînez avec lui? Pourquoi est-ce que vous avez son téléphone personnel? Hein! Pourquoi?

— Attends, Saturnino! Reviens!

Mais j'étais déjà dans l'escalier. J'ai dévalé quatre à quatre les marches du perron et je me suis précipité dans la rue, sous la pluie battante. Je n'arrivais pas à m'arrêter de pleurer. La pluie se mélangeait aux larmes qui dégoulinaient le long de mes joues. Même le jour de la mort de m'man, je n'avais pas autant pleuré.

Le vieux est sorti sur le perron.

— Fous le camp! lui ai-je hurlé. Je ne veux plus te voir!

Mais il n'a pas eu l'air de m'entendre. Il a pataugé dans les flaques avec ses belles chaussures cirées, m'a tendu l'un de ses mouchoirs blancs et est resté à côté de moi sans rien dire, en chemise sous la pluie, à attendre que je me calme.

— Je connais le président, Saturnino, c'est vrai. C'est un ami d'enfance, peut-être le plus ancien de mes amis. Nous habitions côte à côte, dans la même rue, et chaque jour nous allions à l'école ensemble. Nous nous sommes suivis au collège, et puis au lycée. Nous avons été amoureux de la même fille. C'est tellement loin, tout ça… Qui accepterait encore d'être son ami?

— Mais vous avez quand même dîné avec lui.

— Voilà plus de dix ans que je n'ai pas mis les pieds dans ce pays, Saturnino. Pendant dix ans, j'ai donné des concerts dans le monde entier, sauf ici. J'avais trop honte de ce qui s'y passait. Trop honte de ce qu'Alfredo faisait. Je suis finalement revenu sans trop savoir pourquoi. Je crois que je ne supportais plus de vivre si loin. Il fallait que je fasse quelque chose. Dès qu'Alfredo a appris mon retour, il a tenu à m'inviter. Il m'a sorti de grandes phrases creuses… Jamais je n'ai assisté à un dîner aussi triste. Un vieux musicien exilé face à un vieux président corrompu. On n'avait rien à se dire.

Le vieux ruisselait sous la pluie. Les cheveux en bataille, son archet à la main, il ressemblait à un épouvantail.

J'ai commencé à rire en même temps que je pleurais. Les deux ensemble. Je n'arrivais pas à me décider.

— J'ai une drôle d'allure, a souri le vieux, c'est ce qui t'amuse?

À son tour, il s'est mis à rire, d'un rire qui le secouait tellement qu'il a dû s'asseoir sur les marches du perron de l'Escuela, les fesses à même la pierre trempée.

Un pick-up noir de *macacos* est passé dans la rue. Il roulait lentement, presque à l'allure du pas, en soulevant de chaque côté de grosses gerbes de boue. Derrière les vitres, on devinait les miliciens qui nous observaient, planqués derrière leurs lunettes noires malgré le déluge qui dégringolait des nuages.

— Ces abrutis, s'est esclaffé le vieux entre deux hoquets, ils... ils se demandent ce qui nous arrive. Eux, ça fait des siècles qu'ils n'ont pas ri.

On a échangé un regard avant de repartir dans un fou rire. On se tordait comme des baleines. J'en avais mal au ventre, je ne savais même plus pourquoi on riait et je me sentais léger comme une bulle. On est rentrés bras dessus, bras dessous, trempés jusqu'aux os.

— Merci...

Le vieux s'est essuyé le visage d'un revers de manche.

— Merci de quoi?

— Merci de ne plus être son ami.

— C'est plus compliqué que ça, Saturnino. Beaucoup plus compliqué…

En remontant l'escalier, il était tellement essoufflé que ça m'a presque inquiété. On s'est arrêtés le temps qu'il reprenne son souffle, appuyé à la rambarde de l'escalier.

— Et la fille dont vous étiez amoureux tous les deux, elle a choisi qui?

— Moi, bien sûr…

Le vieux s'est remis à rire, mais presque silencieusement, en hochant la tête.

— Maria. Elle s'appelait Maria… On se voyait en cachette de ses parents.

De nouveau, tout proche, j'ai entendu le son étrange de l'instrument de tout à l'heure. Quelque chose de très doux. Pas un violon, ni une flûte… Rien de ce que je connaissais.

— Qu'est-ce que c'est?

Le vieux n'a pas compris.

— L'instrument qu'on entend, qu'est-ce que c'est?

— Viens voir…

On a grimpé les dernières marches et il a entrouvert une porte. Tartamudo était debout à côté d'une petite dame racornie comme un raisin sec et qui lui posait la main sur le ventre.

— Ici, tête de mule! Tu le prends ici, ton air. Par le ventre, c'est compris?

Tartamudo a longuement inspiré avant de commencer à chanter d'une voix aiguë comme celle d'une femme.

Adonde vas juguerillo
con eseabreviado vuelo
anda y llevale un suspiro
a la imagen de mi dueño[1]

Ça m'a fait un drôle de pincement au ventre d'entendre une telle voix sortir du gosier de ce balourd de Tartamudo. J'en étais presque gêné.

La petite dame s'est figée en apercevant le vieux dégoulinant de pluie.

— Mon Dieu, a-t-elle glapi, *señor* Villandes, mais que vous est-il arrivé?

Tartamudo s'est tourné vers moi, un sourire jusqu'aux oreilles.

— T'as t'as t'as vvvu, Sssaaturne. Quuuand je chch-chaante, jjjje ne bégbégbégaye plus.

---

1. «Où vas-tu, chardonneret, / de ce vol pressé? / Va apporter un soupir / à l'image de mon maître».

25

On était plus de soixante *pilluelos* à fréquenter l'Escuela. Il y avait les acharnés, comme nous, et d'autres qui ne venaient qu'une ou deux fois par semaine, mais certains jours il y avait tant de monde que toutes les salles étaient pleines à craquer. On s'installait où on pouvait, dans les couloirs ou sur les escaliers. La musique sortait de partout. Ça violonait, ça trompettait et ça flûtait dans tous les coins. Anasofia et Juan étaient là du matin au soir, partout à la fois. Ils donnaient des cours, conseillaient les uns, encourageaient les autres, accordaient les instruments... Patte-Folle soufflait dans sa trompette avec le petit gros et Tartamudo chantait maintenant au grand jour en compagnie de la petite dame qui lui appuyait sur le ventre en l'engueulant...

La première fois qu'il a osé chanter devant nous, tout le monde a rigolé.

— Il n'y a que les mecs à qui on a coupé les couilles qui ont une voix comme ça ! a glapi Patte-Folle en prenant une voix de fausset.

Mais il n'a pas tardé à la boucler, et nous avec.

La voix de Tartamudo était tellement étrange, tellement dérangeante et elle s'envolait si haut qu'elle nous inquiétait presque. Comment un revendeur de cigarettes de contrebande pouvait-il cacher une telle voix d'ange? Comment ce balourd de Tartamudo pouvait-il devenir aussi léger? Il y avait là des mystères que personne ne comprenait.

Le vieux déboulait habituellement au milieu de l'après-midi, toujours impeccablement habillé malgré les trombes d'eau qui noyaient les rues. Personne ne savait vraiment où il habitait, mais le taxi qui le déposait chaque jour devant l'Escuela n'avait rien à voir avec les carcasses rouillées et à moitié déglinguées qui sillonnaient le quartier.

Je m'occupais d'abord de ses chaussures Il faisait ensuite le tour de l'Escuela et disait bonjour à chacun avant de nous retrouver, Zac et moi.

— Trois, quatre...

Maintenant que notre menuet était presque au point, il s'était mis en tête de nous apprendre un nouveau morceau, un truc italien écrit par un certain Vivaldi, un type né des siècles plus tôt un jour de tremblement de terre, nous a dit le vieux. On passait des heures, soudés à nos violoncelles, le bout de nos doigts dur comme de la corne à force de jouer. On répétait les mêmes passages, encore et encore, en guettant les hochements de tête du vieux. On jouait jusqu'à épuisement et on se réfugiait ensuite dans ce qu'il appelait le «salon de musique», la petite pièce où il gardait tous ses disques. Il nous avait expliqué le fonctionnement de la chaîne et nous laissait y aller quand on voulait, c'était toujours ouvert.

— C'est dingue, s'étonnait Zac. Avant, la chaîne ne serait pas restée en place cinq minutes. Même pas trente secondes. J'aurais tout piqué vite fait et tout revendu. Là, je n'y pense même pas...

Un tel changement, ça l'inquiétait presque.

La plupart du temps, on trouvait Patte-Folle déjà installé dans le salon de musique mais c'est à peine s'il s'apercevait qu'on entrait. Dès notre première rencontre avec le vieux, il s'était pris de passion pour la *Marche de Radetsky* et tout son temps libre passait maintenant à l'écouter en boucle, des dizaines de fois à la suite, sans jamais se lasser.

— Merde! Patte-Folle, braillait Zac, change un peu!

Mais le dernier accord à peine joué, Patte-Folle appuyait sur la télécommande et remettait la même plage qu'il écoutait une fois de plus, les yeux fermés, comme si rien au monde n'avait plus d'importance.

Et c'était vrai.

La musique, il n'y avait plus que ça qui nous intéressait. Plus que ça qui comptait. Tellement que j'en oubliais presque les menaces du *sargento*.

Mais il était toujours là, à jouer avec moi comme un chat avec une souris. À surgir au moment où j'y pensais le moins.

Notre dernière rencontre remontait à quelques jours.

On venait à peine de quitter l'Escuela qu'une voiture a subitement ralenti à notre hauteur. Ce n'était pas l'une des Chevrolet habituelles des *macacos*, et pourtant j'ai tout de suite su à qui j'avais affaire. Malgré la nuit et les essuie-glaces qui projetaient des gerbes d'eau de part et d'autre, j'ai reconnu le visage du *sargento* qui me fixait, planqué derrière ses lunettes métallisées. Mes jambes sont devenues comme du coton.

Pour que tu aies peur, ladronito. *Simplement peur...*

Il s'est contenté de ricaner et a fait mine de me tirer plusieurs fois dessus à travers les vitres ruisselantes. En même temps, ses lèvres faisaient «Pan!» comme celles d'un gamin en train de jouer. Il ne s'est rien passé de plus. Que la pluie, le flingue du *sargento*, son ricanement et ses lunettes métallisées malgré l'obscurité.

J'en suis venu à me dire qu'il était sans doute un peu givré. Patte-Folle, lui, crevait de trouille.

– Un jour, ce salaud te descendra pour de vrai, Saturne.

26

Il pleuvait tant que Luzia est restée là-haut, à l'abri avec Azula et ses petits, tandis qu'avec Patte-Folle on traînait du côté de l'Avenida Nacional dans l'espoir de décrotter les chaussures boueuses des *banqueros* mais la plupart filaient sous leur parapluie sans même nous apercevoir.

Juste de l'autre côté du Curso Bajo, l'Avenida était le cœur du quartier riche et les loqueteux dans notre genre n'y avait pas leur place. Dès que les *macacos* se pointaient, il fallait filer, un sport pour lequel Patte-Folle n'était pas taillé, et rien qu'à le voir se dandiner sous la pluie sur ses jambes en accordéon, il y avait de quoi pleurer. Ou éclater de rire, je n'arrivais jamais à me décider.

Mais là, il pleuvait bien trop pour que les *macacos* risquent leurs uniformes dehors. Bien trop, aussi, pour dénicher des clients. On s'est abrités sous une porte et Patte-Folle s'est roulé une cigarette avec des restes de tabac spongieux.

Juste au-dessus de nos têtes, les tuiles du toit crépitaient. L'eau dévalait des flancs de la Cordilera, elle déposait dans les rues une couche de boue dans laquelle les bus s'engluaient comme de gros insectes pris au piège. La seule chose qui ne tombait pas du ciel, c'était les centavos.

Le marché du Rio del Oro était un peu plus désert chaque matin, comme s'il ne restait plus rien à vendre. Je trouvais à peine de quoi nous payer deux bols de *mote* par jour et Luzia n'avait pas vendu la moindre carte postale depuis des semaines.

— Et si on essayait la gare centrale? a proposé Patte-Folle.

Je l'ai regardé comme s'il était devenu fou.

— On va se faire casser la gueule, c'est sûr.

— Tu as les jetons? a-t-il lâché dans un nuage de fumée.

Je n'ai pas répondu.

La gare grouillait de monde en permanence. Des voyageurs de passage, des paysans qui venaient pour des démarches, des hommes d'affaires, des professeurs de l'université toute proche... On ne trouverait pas mieux, c'était sûr. Mais c'était risqué, aussi. Ce n'était pas notre quartier et la bande d'El Zancuda[1] qui verrouillait le coin n'allait pas se laisser intimider par un éclopé, une gamine et un *pilluelo*.

— On va se faire casser la gueule, a rigolé Patte-Folle en me tendant son bout de mégot. Mais on peut toujours passer voir.

On était à peine arrivés qu'un grand efflanqué s'est approché, un type au cou décharné et dont les petits yeux virevoltaient comme ceux qui sniffent de la

1. «L'échassier».

110

bazoca. Sans l'avoir jamais vu, j'ai su que c'était El Zancuda. Ils étaient quatre ou cinq à l'escorter comme de vrais chiens de garde.

— Je crois que vous vous êtes trompés d'adresse, les gars, a-t-il fait.

Les chiens de garde ont gloussé comme s'il venait de raconter la meilleure blague de l'année. Ils nous serraient de si près que je sentais leur respiration dans mon cou. J'ai tiré Patte-Folle par la manche. C'était une vraie folie d'être venu! Tout le monde connaissait la règle, on n'avait pas plus notre place ici que sur l'Avenida et il était peut-être encore temps de filer. Mais Patte-Folle n'a pas résisté à l'envie de faire le malin.

— Trompé! s'est-il exclamé. Mais pas du tout! On cherche un coin à l'abri et, justement, celui-là me paraît pas mal. Regarde! Il y a de la place partout! Ici, là... là-bas... et encore là... et...

Il rebondissait comme un ressort sur ses pattes de crapaud. L'un des types d'El Zancuda l'a attrapé au vol.

— Ta gueule, le tordu!

Et d'un coup de poing en plein ventre, il a envoyé Patte-Folle valdinguer. Sa tête a cogné contre le sol avec un drôle de bruit et il est resté à terre, à se tordre de douleur en essayant de retrouver son souffle. Les autres ne m'ont même pas laissé le temps de me retourner. Les coups ont commencé à pleuvoir. Pendant un moment, j'ai tenté d'en rendre autant que j'en prenais. J'étais plus grand que la plupart et je savais cogner mais ils étaient trop nombreux. J'ai tenté de me protéger comme je pouvais mais un coup de pied m'a scié de douleur. Je suis tombé...

Quand j'ai rouvert les yeux, j'étais dehors, recroquevillé sous la pluie, la tête sur les genoux de Patte-Folle qui me secouait et m'appelait, pâle comme un linge. Les voyageurs qui sortaient de la gare nous évitaient soigneusement et continuaient leur chemin en nous jetant des coups d'œil méfiants.

Quelque chose de tiède coulait entre mes lèvres. Du bout des doigts, j'ai lentement exploré la longue estafilade ensanglantée qui me barrait le visage.

— Merde, Saturne, a murmuré Patte-Folle avec un sourire minable, t'es pas drôle! J'ai cru que t'étais mort pour de bon!

*
* *

— Si tu as des problèmes, Saturnino, tu sais que tu peux compter sur moi.

Le vieux n'a rien dit de plus en me voyant arriver le lendemain, cabossé comme une boîte de conserve dans laquelle toute une équipe de foot aurait shooté.

Je n'ai pas répondu. Je venais ici pour la musique, et le reste, j'essayais de l'oublier en entrant. Il est resté un moment à regarder au-dehors, le front collé aux vitres striées de pluie avant de reprendre.

— C'est curieux, mais il me semble qu'avant, la saison des pluies était moins longue... Ou peut-être qu'il pleuvait moins...

J'ai ouvert la partition. Même si je n'y comprenais toujours pas grand-chose, le vieux tenait à ce qu'on l'ait sous les yeux. Depuis quelques jours, on travaillait un nouveau morceau que je trouvais beau comme tout, mais plutôt difficile. Une «sonatine», nous avait-il dit.

J'ai ajusté le violoncelle entre mes jambes et j'ai commencé à jouer. J'allais doucement mais je me souvenais bien des notes et sentais chacune d'elles résonner le long de mon corps.

— Tu ne dois pas avoir beaucoup de clients, par les temps qui courent, a soudain demandé le vieux.

Jamais encore il ne m'avait parlé d'autre chose que de musique pendant que je jouais. Mes doigts ont aussitôt dérapé et la sonatine s'est transformée en catastrophe.

— Excuse-moi, Saturnino, a dit le vieux. Je ne suis qu'un vieil imbécile. Reprends au début.

C'est ce que j'aime en musique, on peut recommencer des milliers de fois comme si c'était neuf.

— Je peux te demander quelque chose?

Patte-Folle m'a pris par le bras pour m'entraîner vers le salon de musique. J'étais bon pour une *Marche de Radetsky*.

— Mais t'en as jamais marre d'écouter ce truc?

— Tu peux pas comprendre, Saturne. Tu peux pas...

Il m'a tendu la pochette.

— Je voudrais que tu me redises le nom du type qui a inventé cette musique. J'ai oublié ce que m'a dit le vieux.

J'ai eu du mal à déchiffrer. Johann Strauss, c'était un nom difficile...

— Johann Strauss... a répété Patte-Folle, les yeux perdus dans le vague. C'est sûrement ça, Johann Strauss...

Il m'a regardé, un petit sourire aux lèvres.

— Tu sais, je crois bien que c'est mon vrai nom, celui qu'on m'a donné à ma naissance...

— Quel nom?

— Ben... Johann Strauss, bien sûr!

Je me suis vissé l'index sur la tempe. Ça l'a mis en rogne.

— Merde! Tu ne comprends vraiment rien, toi! Tu crois peut-être qu'il n'y a qu'un seul Saturnino au monde! Qu'une seule Luzia! Qu'un seul Zacarias!... Alors pourquoi on ne serait pas deux à s'appeler Johann Strauss? Lui et moi! Hein, pourquoi?

— Mais tu n'en sais rien, Patte-Folle! Personne ne se souvient de ton vrai nom, pas même toi! Tu l'as encore dit l'autre jour.

— L'autre jour, peut-être, mais aujourd'hui je me le rappelle. C'est sûr.

Il a remis une dose de *Radetsky* qu'il a écoutée les yeux fermés, avant de me montrer sa poitrine.

— Tu vois, quand je l'écoute, cette marche, je sens bien, là, tout au fond de moi, que je m'appelle Johann Strauss. Ce n'est pas possible autrement.

Je n'en étais pas très sûr, mais il me semblait que c'était l'anniversaire de Luzia.

J'ai fauché une boîte de Coca chez Gondolfo pendant qu'il avait le dos tourné et je me suis démené comme un diable pour lui payer un cornet de *salteñas* chez la grosse Anita. Luzia a lampé le Coca jusqu'à la dernière goutte pendant que je me contentais d'un bol de *mote* en louchant vers elle.

Tu n'as qu'à lui botter les fesses, m'aurait certainement conseillé Patte-Folle s'il m'avait vu. Mais Patte-Folle n'avait pas de petite sœur.

— Il va y avoir une surprise, cet après-midi, a fait Luzia en se léchant les doigts.

— Une surprise?

— Oui… À l'Escuela. C'est Anita qui me l'a dit.

J'ai attendu d'en savoir plus, mais Luzia a rigolé en posant un doigt sur sa bouche.

Elle avait raison. Quand on est arrivés à l'Escuela, rien n'était comme d'habitude.

Les bancs étaient installés en demi-cercle dans le hall d'entrée, Juan s'était habillé en monsieur, Chanchito suait comme un bœuf, étranglé par un col qui

semblait dur comme un bout de carton, quant à Anasofia, elle portait une robe longue, noire et moulante,
qui aimantait les regards de tous les garçons. Mais le
top du top, ç'a été l'arrivée du vieux en chemise et
nœud papillon blancs, sanglé dans une veste noire
extra qui lui descendait jusque derrière les genoux
comme dans l'ancien temps. De notre côté, on était
une bonne vingtaine, les plus avancés des élèves de
l'Escuela. Nos pantalons crasseux, nos vestes trouées et
nos cheveux en pagaille faisaient un curieux contraste
avec la classe du vieux.

Anasofia, Juan et le gros Chanchito nous ont
aidés à accorder les instruments avant de nous placer. Les violoncelles d'un côté, les violons de l'autre,
et les flûtes derrière avec la trompette de Patte-
Folle.

Debout sur une petite estrade, le vieux a tapoté le
rebord de son pupitre avec une baguette, comme sur
la pochette du disque. Tout le monde s'est tu.

— Saturnino, Zacarias… Le menuet, s'il vous plaît.

— Devant tout le monde! a beuglé Zac. On va se
planter!

Le vieux l'a regardé d'une telle façon que Zac l'a
bouclé.

— Trois, quatre…

On est partis ensemble, et plus encore! On est
arrivés ensemble! J'ai échangé un coup d'œil avec
Zac, il était tout aussi écarlate, hors d'haleine et
poisseux de sueur que moi. Les autres ont voulu
applaudir, mais le vieux ne leur en a pas laissé le
temps.

— Bien, a-t-il fait. On recommence avec les violons.

— Avec les violons! a grommelé Zac. Ça ne marchera jamais. Ils ne le connaissent même pas, le menuet!

Le vieux lui a décoché un nouveau coup d'œil, et Zac l'a rebouclé.

— Trois, quatre…

On n'a tenu que quelques mesures, mais quand le vieux a tapoté son pupitre pour nous faire signe d'arrêter parce que ça se transformait en une cacophonie pas possible, on s'est tous regardés, sidérés. Les violons et les violoncelles ne jouaient pas exactement la même chose, c'était même très différent, et pourtant le mélange des deux était vraiment «charmant», comme aurait dit le vieux.

— On reprend!

On a recommencé. Et recommencé… Les flûtes s'y sont mises. Anasofia, Juan et le Chanchito se démenaient comme des diables, ils donnaient des conseils, comptaient les mesures en frappant dans leurs mains, mais malgré tout on avait un mal fou à s'y retrouver. On pataugeait dans une marmelade de bruits, accrochés à nos instruments comme des naufragés. Et tout ce bazar n'a fait qu'empirer avec l'arrivée de la trompette de Patte-Folle. Rouge comme un coq, les veines du cou gonflées à se les faire exploser, il soufflait comme un possédé malgré les grands signes que lui adressait Chanchito. Je n'entendais plus la moindre note de ce que je jouais. Le vieux a tout arrêté en tapotant du bout de sa baguette.

– Moins fort, Patte-Folle ! Beaucoup moins fort. Il faut écouter les autres !

Patte-Folle s'est alors dressé comme un ressort.

– C'est fini, Patte-Folle, monsieur. Faut plus m'appeler comme ça. J'ai retrouvé mon vrai nom. C'est Johann Strauss.

Le vieux l'a regardé, plutôt surpris.

– Johann Strauss... Tu en es bien certain ?

Patte-Folle a hoché la tête.

– Ouaip. C'est le nom qu'on m'a donné quand je suis né. Mais je m'en suis souvenu seulement l'autre jour.

Et il paraissait tellement sûr de lui que c'était peut-être vrai. Peut-être qu'il s'appelait réellement Johann Strauss ! Juste, ça n'allait pas être simple de se rappeler un nom pareil. Le vieux s'est fendu de son sourire chinois.

– Bien, Pa... Johann Strauss. Je tâcherai de m'en souvenir. On reprend... et tu n'oublies pas de jouer moins fort.

J'ai tout de suite perdu les pédales. Je ne savais plus où j'en étais, et je n'étais pas le seul. J'ai louché sur Zac qui pataugeait. Les violons crissaient, grinçaient, coinçaient, et Patte-Folle, debout sur ses pattes de crapaud, faisait n'importe quoi, mais le plus fort possible ! On était tous à la dérive. Jamais je n'avais rien entendu d'aussi foireux ! Le menuet s'est transformé en une bataille de chats furieux et je me suis dit qu'on n'y arriverait pas. Des cireurs de chaussures n'étaient pas nés pour jouer du violoncelle, ni des vendeuses de journaux pour souffler dans des flûtes. Le plus incroyable, c'est que malgré toute cette pagaille catastrophique, le vieux ne s'énervait pas. Il nous demandait sans cesse de recommencer, tantôt tous ensemble, tantôt quelques instruments à la fois. Il nous adressait de grands signes, tapotait son pupitre, mettait le doigt devant sa bouche…

— Pause, a-t-il annoncé au bout d'un moment.

Il nous a regardés.

— Vous en avez assez? Vous voulez qu'on arrête?

Personne n'a bougé et on a réattaqué le menuet. Anasofia et Juan étaient partout à la fois, tantôt à jouer avec nous en nous entraînant, tantôt à nous conseiller. Quant à Chanchito, il consacrait toute son énergie à tenter de canaliser Patte-Folle. On se plantait, on se rattrapait comme on pouvait, on s'accrochait…

— C'est assez pour aujourd'hui, a finalement déclaré le vieux. On recommencera demain.

La nuit était tombée depuis longtemps. Personne n'avait vu le temps passer et j'avais les doigts en compote. Il a levé les yeux de son pupitre.

— Je suis très fier de vous. Ça ressemblera bientôt à de la vraie musique. Je vous promets qu'on va réussir à faire un véritable orchestre.

Au son de sa voix, j'ai compris qu'il ne baratinait pas. Il était vraiment fier de nous.

— M'sieur, a dit quelqu'un, vous avez oublié de saluer.

Le vieux s'est incliné. On l'a applaudi à n'en plus finir, tous debout. Quand le silence est enfin revenu,

il nous a désignés d'un grand geste de la main et a
applaudi à son tour. Lui tout seul pour nous tous.

– Merde! a reniflé Zac. Je ne pensais pas qu'on
m'applaudirait un jour.

29

— Quarante centavos, a fait la grosse Anita en me tendant un bol de *mote* fumant.

— Quarante! Mais hier c'était trente.

— Et demain ce sera peut-être cinquante, *muchacho*! C'est comme ça, et y a pas à discuter. Tout le monde est à la même enseigne. Que veux-tu que j'y fasse? Y a plus rien dans ce pays. Que de l'eau, de la boue et des affamés sans le sou.

— Mais...

— Il n'y a pas de «mais». Ou tu payes pour ce que je te vends ou tu ne payes pas et je garde la marchandise pour un plus riche que toi.

Ça faisait presque un mois que le vieux avait réuni l'orchestre pour la première fois. Dehors, la pluie n'en finissait plus de dégringoler mais, chaque soir, on se retrouvait au grand complet. Aucun de nous n'aurait manqué une seule répétition et, maintenant que le menuet était presque au point, on s'attaquait à ce que le vieux appelait des «petites pièces». Une sonatine et un rondo. Des trucs écrits voilà des siècles par deux types dont il nous avait annoncé le nom avec des mines gourmandes, Haendel et Mozart... Mais ils étaient morts depuis si longtemps que, à part le «maestro», personne n'en avait jamais entendu parler.

Ça faisait aussi un mois que les pluies auraient dû s'arrêter. De mémoire d'homme, jamais une saison des pluies n'avait duré si longtemps. Même les vieux ne se souvenaient pas d'avoir vu tant d'eau dégringoler sans nous accorder une journée de répit.

À part Anita et quelques rares marchands qui écoulaient leurs stocks moisis de maïs ou de haricots, on ne trouvait presque plus rien au marché du Rio del Oro. Et le peu qu'il y avait coûtait chaque jour plus cher.

Voilà des semaines que les paysannes n'étaient pas descendues. On disait que là-haut, dans les vallées de la Cordilera, les coulées de boue avaient tout emporté, les maisons, les hommes et les bêtes. Il ne restait rien et les survivants mangeaient des racines.

— Alors, tu te décides, *muchacho*! a lancé la grosse Anita.

J'ai fouillé le fond de mes poches, mais je savais déjà ce que j'allais y trouver.

— Je n'ai que trente centavos, ai-je murmuré.

C'est tout ce que j'avais réussi à gagner depuis la veille. Luzia m'a regardé avec de grands yeux.

— Alors tant pis pour toi!

La grosse Anita a haussé les épaules. Elle m'a pris le bol des mains, en a retiré une minuscule cuillerée et m'a tendu le reste.

— Ça va pour aujourd'hui! Mais il n'y aura pas de prochaine fois. Et n'oublie pas de me rapporter le bol sinon je fais cuire ta sœur!

Luzia lui a adressé un sourire radieux et Anita a empoché les trente centavos.

On a partagé le bol, accroupis à l'abri d'une porte. Assis un peu plus loin, Patte-Folle tentait de fumer un vieux mégot ramolli. Il avait passé la matiné à fouiller les poubelles des beaux immeubles de l'Avenida Nacional en évitant les *macacos* et les vigiles trop consciencieux, mais la pêche avait été maigre. Quand je lui ai proposé de piocher dans mon bol, il a secoué la tête.

— Non... C'est mauvais pour ma ligne.

30

Jamais le marché du Rio del Oro n'avait si mal porté
son nom. Même à prix d'or, le *mote* que servait la
grosse Anita puait la moisissure et la farine des *empa-*
nadas était grise comme de la pierre. Certains disaient
que les pluies avaient tellement tout balayé dans leur
fureur qu'il ne restait plus un seul champ cultivable,
que de l'eau et des rochers, partout... Mais la grosse
Anita ajoutait à voix basse que ce n'était pas perdu
pour tout le monde.

— Je vous le dis, moi, chuchotait-elle, allez faire un
tour du côté des casernes des *macacos*, ou même — elle
baissait encore la voix — dans les caves du palais prési-
dentiel. Et vous verrez si elles sont vides !

Mais il y avait encore plus près...

Là-bas, de l'autre côté du Curso Bajo, les grands
magasins de la Plaza Mayor regorgeaient de fruits, et
de tomates, et de patates, et de papayes, et de tout ce
qu'on voulait. Il suffisait de longer les vitrines pour
s'en apercevoir même si les vigiles nous suivaient d'un
sale œil et nous bloquaient le passage dès qu'on faisait
mine d'entrer. De son côté, le quartier de l'ancien
ayuntamiento regorgeait de pierres, de briques et de

gravats. C'était sa seule richesse et il n'y avait qu'à se baisser...

Rien qu'à se baisser.

Qui a ramassé la première pierre ? L'idée flottait peut-être dans l'air, à moins qu'elle nous soit tombée dessus avec la pluie... Je n'en sais rien mais une chose est sûre, on ne s'est pas donné le mot. Zac, Tartamudo, Patte-Folle, Raul, la belle Martha qui faisait payer ses baisers au même prix que les prières de Guaman, presque tous ceux de l'orchestre, et d'autres aussi... On a tous commencé à se remplir les poches de pierres et de briques. On était une cinquantaine peut-être, ou soixante... ou plus. Difficile à dire. Des *pilluelos* pour la plupart, et certains étaient venus de quartiers où on ne mettait jamais les pieds. Comme s'ils avaient senti ce qui allait arriver.

J'ai laissé Luzia à l'Escuela en lui disant qu'on se retrouverait plus tard. Au fond de mes poches, je sentais les pierres me râper les cuisses. Patte-Folle m'attendait dehors, tellement chargé de briques qu'il devait bien peser dix kilos de plus.

— Tu ne devrais pas y aller, Patte-Folle. Si ça tourne mal, jamais tu ne courras assez vite pour te tirer de là.

— Appelle-moi encore une seule fois comme ça et je t'écrase à coups de brique !

J'ai rigolé.

— Mais tu ne devrais quand même pas...

— Occupe-toi de tes fesses !

Sous la pluie battante, on a traversé le Curso Bajo par tout petits groupes de deux ou trois.

— Çççça vvvva être chaud, m'a soufflé Tartamudo en se faufilant à côté de moi.

Le Gigante de la Plaza Mayor était le plus grand des magasins du coin, le plus attirant aussi. On s'en est approchés comme des loups, en se planquant derrière les voitures, en se glissant entre les gros *flotas*[1] de la gare routière qui fumaient sous la pluie. Il pleuvait tellement... Les vigiles ne se sont aperçus de rien.

La première pierre qui a volé a éclaté une vitrine de vêtements sans même qu'ils comprennent ce qui se passait. Ç'a été le signal. En une seconde, une avalanche de briques, de boulons, de morceaux de parpaings et de ferraille s'est abattue sur les vitrines du Gigante. Ça voltigeait de partout, ça crépitait comme la grêle, ça tombait si dru que les vigiles ont filé se mettre à l'abri. Je lançais mes munitions une à une, méthodiquement, en m'approchant un peu plus à chacune. Je visais et mes pierres arrivaient pile où je l'avais décidé. Comme si je les dirigeais rien que par la pensée. Je me sentais incroyablement fort, presque invincible. Les devantures se fendillaient, se fissuraient en claquant comme des coups de feu, et finissaient par exploser dans des fracas de fin du monde. On saluait chaque nouvelle vitrine abattue par des hurlements de bêtes. Et, à ce jeu-là, Patte-Folle hurlait dix fois plus fort que les autres.

On a tous foncé en même temps, en piétinant les milliards de morceaux de verre qui craquaient sous nos pieds. Les vigiles allaient se reprendre, les *macacos*

1. Autocars qui assurent les liaisons d'une ville à l'autre.

n'allaient pas tarder et on n'avait que quelques minutes devant nous.

Quand les alarmes se sont mises à glapir dans tous les coins, j'étais déjà à pied d'œuvre, à rafler tout ce qui me tombait sous la main, que ça se mange ou pas. J'en avais tellement plein les bras que j'ai noué les manches de mon tee-shirt pour m'en faire un sac et y enfourner mon butin. Les clients hurlaient, ils nous regardaient filer entre les rayons avec des mines effarées, certains se terraient contre les murs, comme si on allait les assassiner. Patte-Folle s'est hissé au sommet d'un étalage de fruits, il s'est barbouillé le visage avec une tomate bien mûre et a commencé à balancer les fruits dans toutes les directions en sautillant sur ses jambes à ressort.

– Yaououououh! Attrapez, les mecs! Allez-y! C'est gratuit, aujourd'hui! Offert par la maison!

Les alarmes nous déchiraient les oreilles, les vigiles nous pourchassaient en hurlant des ordres contradictoires, dehors les voitures klaxonnaient dans une pagaille inimaginable! Et nous qui hurlions! Au milieu de tout ce bazar, j'ai soudain entendu une voix paniquée.

– Les grilles! Faut se tirer! Ils ferment les grilles!

Les gros volets de protection qui protégeaient les vitrines pendant la nuit se baissaient lentement. Si on se laissait piéger là, les *macacos* n'auraient plus qu'à nous cueillir un par un. On allait dérouiller! C'est à ce moment que j'ai perdu Patte-Folle de vue. Dans la débandade qui a suivi, j'ai encore pris le temps de rafler quelques tablettes de chocolat et je me suis glissé sous les grilles au dernier moment, alors qu'il me restait juste assez de place pour me faufiler et faire passer mon sac.

Les sirènes des premières voitures de *macacos* se sont soudain mêlées aux alarmes du Gigante.

31

J'étais à peine dehors que les *macacos* ont surgi de partout, ils bloquaient les rues avec leurs gros 4x4 et en jaillissaient casqués, leur masque de protection baissé, le bouclier dans une main, la matraque dans l'autre…

Je n'ai pas attendu Patte-Folle. J'ai filé droit devant moi, vers le Curso Bajo, du plus vite que je pouvais. Ils nous coursaient déjà, les premières grenades lacrymogènes ont éclaté à quelques pas de moi. Leur fumée m'a aussitôt brûlé les yeux, elle me déchirait la gorge, me brûlait les poumons… J'avais l'impression d'asphyxier, je toussais comme un phoque, à la recherche d'un peu d'air frais, mais je devais courir. Surtout ne pas m'arrêter !

Certains ont lâché leur butin pour filer plus vite, mais moi, même si c'était de la folie, je voulais tout garder, le montrer à Luzia. Les premiers *macacos* étaient tout près, j'entendais leurs pas, les ordres qu'ils criaient, et les coups de matraque qui s'abattaient çà et là, mais je n'avais pas risqué autant pour revenir les mains vides. Je courais, je courais… Et soudain, à quelques pas de moi, à travers le brouillard des grenades qui me râpait les yeux, j'ai reconnu la démarche bancale de Patte-Folle. Comment avait-il fait pour se retrouver devant moi ? Mais je ne me suis pas arrêté. Je lui ai juste braillé :

— Fonce, Patte-Folle ! Plus vite !

— Strauss, abruti ! Johann Strauss !

J'ai cavalé encore sur quelques mètres avant d'entendre un cri. J'ai jeté un coup d'œil par-dessus mon épaule, l'un des *macacos* levait sa matraque au-dessus de Patte-Folle qui, recroquevillé par terre comme un animal, attendait le coup. Ce type me semblait immense, le masque qu'il portait pour se protéger des fumées lui donnait l'air d'un mutant terrifiant. J'ai regardé, tétanisé. La matraque est retombée une première fois sur Patte-Folle et le *macaco* l'a de nouveau brandie au-dessus de lui. J'ai retenu un haut-le-cœur. La rengaine de Luzia me trottait dans la tête.

Trois hommes en noir sur le chemin
Cache-toi vite derrière ta main
Si tu dors, ils ne verront rien
Mais si tu sors, ce sera la fin.

Une sirène a percé le brouillard, un peu plus haut, et un gros bus antiémeute de la milice est venu bloquer le passage vers le Curso Bajo. J'étais piégé. Paniqué. J'ai réalisé que, si ce salaud de *macaco* relevait la tête un dixième de seconde, j'étais fini. Comme Patte-Folle !

Je me suis souvenu de l'impasse. À deux pas de là. Une ruelle tellement étroite que, sans la connaître, on pouvait passer dix fois devant sans même l'apercevoir. Juste avant de m'y engouffrer, j'ai tourné la tête vers

Patte-Folle. Il était toujours à terre, sous la pluie, il ne bougeait plus. Le *macaco* a relevé son masque une demi-seconde pour s'essuyer le visage et, à travers le brouillard des lacrymogènes et mes larmes, j'ai reconnu le *sargento*.

Il a rabaissé son masque, je me suis reculé tout au fond de l'impasse et, planqué derrière une pile de cartons à demis pourris, j'ai attendu. Je crevais de peur, les yeux rougis par les fumées, la respiration rauque. J'essayais de retenir ma toux, mon sang palpitait comme une bête dans mon cou. Quand l'ombre du *sargento* s'est profilée devant l'impasse, j'ai senti les battements de mon cœur s'arrêter, comme si je me vidais brutalement de tout ce que j'avais à l'intérieur. J'ai retenu ma respiration. Je ne bougeais pas, terrifié, paralysé de peur. Je devinais juste son ombre, à quelques mètres de moi. S'il avançait seulement de trois ou quatre pas, j'étais perdu. Il s'est contenté d'un rapide coup d'œil, il faisait trop sombre pour qu'il m'aperçoive, il a disparu et s'est lancé à la poursuite des autres.

Et je suis resté là, terré comme un lapin derrière mes cartons, le cœur affolé, à attendre. Je pleurais. Pas seulement à cause des grenades. Sur la plaza, le vacarme était effarant. Des cris, des hurlements, des coups, des galopades, des ordres, les sirènes qui n'en finissaient plus, le grondement des moteurs et le battement sourd de la pluie qui crépitait sur les trottoirs.

Je ne bougeais toujours pas, trempé jusqu'à l'âme, des horreurs plein la tête, les oreilles bourdonnantes. La vision terrifiante de Patte-Folle ratatiné par terre avec la matraque de l'autre dingue brandie au-dessus de lui tournoyait devant mes yeux.

Je ne sais pas combien de temps je n'ai pas osé faire le moindre geste. Patte-Folle était tout près, à deux pas de moi. Peut-être mort. Et je n'avais rien fait.

32

Les cris se sont éteints et la grosse pluie du début de l'après-midi s'est transformée en une sorte de crachin brumeux. J'ai risqué un œil au-dehors.

La plaza était déserte. Parfaitement déserte. Plus la moindre ombre, pas le plus petit mouvement et c'est à peine si, de temps à autre, une voiture remontait le Curso Bajo à toute allure. Les *macacos* eux-mêmes semblaient s'être dissouts sous la pluie. Le sol était jonché de pierres, de briques, de débris de pare-brise, de sacs en papier qui bruissaient au vent et de vêtements abandonnés. L'air était encore saturé des remugles acides des grenades lacrymogènes. Les magasins avaient fermé leurs rideaux dès le début du pillage, les bureaux s'étaient vidés en catastrophe et, un peu plus haut, une voiture retournée sur le toit fumaillait en répandant une odeur écœurante de caoutchouc brûlé.

Après toutes les folies de l'après-midi, tant de calme avait quelque chose de terrifiant.

J'ai rampé jusqu'à l'endroit où j'avais vu Patte-Folle pour la dernière fois.

— Patte-Folle! ai-je murmuré. Patte-Folle!...

J'ai aperçu une forme qui remuait faiblement, appuyée contre un mur.

— Patte-Folle!

Il a un peu bougé la tête, entrouvert les yeux.

— Merde, a-t-il murmuré si bas que je pouvais à peine l'entendre, tu n'y arriveras jamais!

Il a grimacé en reprenant son souffle.

— Strauss… Je m'appelle Johann Strauss.

— J'ai cru que ce salaud t'avait tué.

— C'est… possible. Je ne… sais pas.

— Tu vas pouvoir marcher? Attends, je vais t'aider.

J'ai cru qu'il allait tourner de l'œil quand je l'ai pris sous les bras pour le redresser.

Il s'est adossé au mur, la respiration hachée, les yeux fermés.

— Ça va?

— Au poil… Saturne… en pleine forme.

On s'est risqués dehors, clopin-clopant, Patte-Folle s'agrippait si fort à moi que je devais presque le porter. On s'arrêtait sans cesse. Il se courbait vers le sol et essayait de reprendre haleine, comme si un truc l'empêchait de respirer correctement. Il a touché sa poitrine.

— Là… ça gronde… comme un moteur.

— Parle pas! Parle pas!

On est repartis pour quelques pas. Je ne voulais pas lâcher mon butin, toujours enveloppé dans mon tee-shirt, et, de son côté, Patte-Folle se cramponnait à une petite pochette toute boueuse.

On s'est de nouveau arrêtés.

— Qu'est-ce que c'est, ce truc?

Les yeux mi-clos, il a pris une longue inspiration en me le tendant.

— Sais pas.

Je l'ai regardé en me marrant.

— Une paire de bas! Tu leur as piqué une paire de bas!

— Cool!... Juste... ce que je voulais... pour offrir...

— À Anasofia?

Il a hoché la tête et sa tentative de sourire s'est transformée en grimace. Une voiture de *macacos* est passée en jetant des éclairs de gyrophares sur les façades. On s'est faits plus immobiles que des pierres. Ils ont filé en direction de l'Avenida Nacional et on a continué vers l'Escuela. Quelques pas, une pause. Quelques pas, une pause... Et, chaque fois, Patte-Folle gémissait de douleur.

Jamais la ville n'avait été aussi calme. *On est seuls et Patte-Folle est vivant.* Je me répétais cette phrase tout en marchant, comme une sorte de ritournelle. *On est seuls et Patte-Folle est vivant...*

Luzia s'est jetée dans mes bras en me voyant arriver. Elle avait les yeux aussi rouges que moi, mais pas à cause des grenades lacrymogènes. Les autres lui avaient dit qu'on s'était sûrement fait piéger dans le magasin quand les grilles s'étaient refermées. Mais j'avais des réserves de chocolat plein mon tee-shirt et ça, c'était plutôt une bonne nouvelle. La dernière fois qu'on en avait mangé, c'était à Llallagua.

Mis à part Ruiz, l'un des violonistes que personne n'avait revu, Patte-Folle était le seul à avoir pris un coup sérieux. À peine arrivé, il s'est calé dans un coin, le dos au mur, pâle comme un mort, le souffle rauque. Je ne pouvais pas l'abandonner dans cet état mais il ne laissait personne approcher. Pas même Anasofia.

— C'est rien... Juste ce salaud... qu'a tapé un peu... fort.

— Tu veux que je regarde ?

Anasofia a tenté de lui ôter sa chemise, mais Patte-Folle a repoussé sa main.

— Laisse. J'ai un cadeau... pour toi.

— Pour moi ?

Il a hoché la tête.

— Saturne... Donne-lui !

J'ai tendu à Anasofia le petit paquet informe et boueux qui contenait les bas.

— Des bas ?

Elle le regardait sans comprendre.

— Pour que... tu sois... belle comme ma mère... avec ta robe noire... Tu sais... comme l'autre jour.

Anasofia l'a embrassé sur les joues en murmurant merci. Patte-Folle souriait, mais il avait l'air d'avoir vachement mal.

— Dès qu'il sera là, le maestro va t'appeler un médecin.

Patte-Folle a secoué la tête.

— Non... Ça va se... remettre.

33

— Aaaalors jjje lui ai ffffoutu mon poing en penpen-pleine gueule. Eeet à ce mmoment...

Tartamudo n'en finissait pas mais personne ne l'écoutait.

On se taisait, encore sous le coup de ce qu'on avait osé faire. On n'en revenait pas d'avoir pris tant de risques, d'avoir eu le cran d'aller jusqu'au bout, d'avoir défié les *macacos*... En même temps, on crevait de trouille.

Installée à côté de moi, un bout de chocolat à la main, Luzia contemplait mon butin. J'avais fait le cal-cul. Avec chacun une barre par jour, on avait de quoi tenir vingt-six jours!

— Et Patte-Folle aussi?

J'ai rougi et Luzia s'est remise à suçoter sa barre de chocolat en souriant aux anges.

Toujours adossé au mur, les yeux mi-clos, Patte-Folle ne bougeait pas, il semblait écouter tout ce qui se disait. De temps à autre, il grimaçait, mais rien de plus. Jamais je ne l'avais vu aussi silencieux.

Même chose pour l'Escuela. Elle qui était toujours plongée dans une cacophonie ahurissante semblait pour la première fois parfaitement silencieuse. Pas le moindre instrument, pas le plus petit son de flûte, pas de raclement d'archet... Rien que des chuchotis et des murmures.

Dehors, à travers la pluie qui ruisselait le long des vitres, on apercevait çà et là des éclats des gyrophares. Juste après les émeutes, les *macacos* s'étaient installés aux carrefours principaux. Ils bouclaient le quartier et Juan disait que, s'ils ne bougeaient pas pour l'instant, c'était uniquement à cause du vieux. Tout le monde savait qu'il était un ami du président. Mais il suffisait d'un rien pour qu'ils déboulent... Un ordre du président. Peut-être même pas tant. Les *macacos* savaient de toute façon où nous trouver.

Le vieux était notre bouclier. Sauf que personne ne l'avait vu de la journée. À plusieurs reprises, Juan et Anasofia avaient tenté de le joindre, et chaque fois ils étaient tombés sur son répondeur sans y laisser le moindre message. Ordre du «maestro» qui se savait sur écoute. Et, de son côté, le vieux n'avait pas donné signe de vie. C'était la première fois depuis le début de l'Escuela.

— Pas fou, a grondé Zac. Il s'est barré.

Anasofia a pris un air offusqué. C'est vrai que ça ne ressemblait pas aux manières du vieux, de nous lâcher comme ça, mais après tout, qu'on le veuille ou non, il était un ami du président...

34

Le vieux n'est arrivé qu'à la nuit tombée, aussi impeccablement habillé et souriant que s'il ne s'était rien passé. Trois types l'accompagnaient, chargés comme des mules de grands cartons. Il les a précédés dans l'escalier en faisant signe à Juan qu'il redescendait tout de suite. Pendant un moment, on l'a entendu ouvrir des portes et donner des ordres.

— Vous en mettrez deux ici, trois là...

Les types ont fait plusieurs allers-retours, toujours chargés de cartons qu'ils redescendaient vides. Ils étaient à peine repartis que le vieux s'est dirigé vers son pupitre et nous a regardés d'un air surpris.

— Mais... Vous n'avez pas encore sorti vos instruments?

Les événements de la journée semblaient avoir glissé sur lui comme l'eau sur les plumes d'un canard. On s'est installé dans un brouhaha invraisemblable. Patte-Folle était toujours tassé dans son recoin mais il me semblait que son souffle était moins rauque, qu'il avait moins de mal à respirer. Le vieux s'est approché de lui. Il lui a dit quelques mots pendant qu'on s'accordait et Patte-Folle a secoué la tête.

Dès que l'on a été prêts, le vieux a tapoté le rebord de son pupitre.

— Deux, trois, quatre…

Il ne m'a fallu que quelques instants pour me replonger dans la musique. Les doigtés, la position de ma main, de l'archet, compter les mesures… c'étaient les seules choses importantes. Tout le reste a disparu. Et il faut reconnaître que sans Patte-Folle qui ne concevait pas de jouer autrement que *fortissimo*, comme disait le vieux, la répétition a été bien plus facile que d'habitude. On a réussi à enchaîner le menuet, la sonatine et le rondo sans trop de couacs. Les yeux mi-clos, le vieux hochait la tête quand on arrivait à se tirer d'un passage plus difficile et Patte-Folle, tassé dans son coin, nous écoutait en souriant.

Tout était presque comme d'habitude.

Le vieux a pourtant écourté la répétition, il s'est appuyé des deux mains sur le pupitre, s'est penché en avant et nous a regardés au fond des yeux, un minuscule sourire au coin des lèvres.

— Vous savez sans doute mieux que moi ce qui s'est passé en début d'après-midi… Les miliciens que j'ai pu croiser en venant ici m'ont semblé un peu… excédés. La fatigue, sans doute. Toujours est-il qu'il me paraît plus sage que vous restiez ici, au moins pour cette nuit, vous y serez plus en sécurité que dehors… Je vous ai fait préparer des chambres et une petite collation vous attend dans l'entrée.

On s'est regardés, pas très sûrs d'avoir bien compris. *Préparer des chambres, petite collation…* Le vieux avait vraiment de curieuses façons de parler.

— Ça veut dire qu'on va dormir ici, monsieur ?

Le vieux a hoché la tête en souriant.

— Venez, je vais vous montrer.

On l'a suivi dans l'escalier, y compris Patte-Folle que j'ai aidé à grimper.

— Bien sûr, c'est un peu sommaire, a fait le vieux en poussant la porte d'une première petite pièce, juste sous les combles.

Sommaire, c'était comme *collation*, personne ne savait ce que ça voulait dire, mais tous ces mots-là plaisaient au vieux. Il ouvrait d'autres portes en nous répétant «Choisissez, choisissez...», mais on restait cloués sur le seuil des pièces sans oser faire un pas. Dans chacune d'elles, il y avait des paillasses, des couvertures, une fenêtre, et même une vraie porte qui fermait !

— Je suis désolé, répétait le vieux de temps à autre, mais je n'ai rien de mieux à vous proposer...

Il était là, presque à s'excuser. Il ne se rendait pas compte qu'il nous offrait un vrai palace ! Malgré ses poumons qui faisaient un drôle de bruit, Patte-Folle a aussitôt semblé reprendre du poil de la bête, il est revenu hilare de son exploration au bout du couloir.

— Hé, Saturne... il y a même des chiottes !

C'était le paradis.

— Des toilettes, monsieur Strauss, a souri le vieux. C'est plus correct.

Monsieur Strauss !... Patte-Folle en aurait pleuré de bonheur. Il s'est allongé sur l'une des paillasses avec, sur les lèvres, quelque chose qui hésitait entre un sourire et une grimace de douleur.

— Je vais rester là… Saturne… Dormir un peu…
Et demain… ce sera au poil.

— Tu ne veux pas manger quelque chose?

Mais il a secoué la tête et s'est tourné vers le mur.

En bas, Anasofia et Juan avaient déjà ouvert le carton qui contenait la «petite collation». Il regorgeait de
fruits, de beignets, de piments farcis, de *salteñas* et de
bouteilles de Coca… À la dérobée, j'ai jeté un coup
d'œil au vieux. Assis sur une marche, il nous regardait
nous empiffrer en souriant, il semblait disparaître au
milieu des rides. Je n'y comprenais toujours rien. Tout
ce que ce type faisait pour nous était absolument
incompréhensible mais j'étais certain de ne jamais
avoir rencontré personne d'aussi gentil.

Luzia s'est approchée de moi.

— Mais pour Azula, m'a-t-elle soufflé, comment
on va faire?

— J'irai la chercher demain, quand il fera jour. Ce
soir, avec les *macacos* qui traînent partout, c'est trop
risqué.

— Non! Pas demain! Faut y aller maintenant! Si
on la laisse toute seule, elle va avoir peur…

— Mais c'est une chatte, Luzia, elle est habituée.

— C'est pas une chatte, c'est Azula, elle a des bébés
et elle n'est pas habituée.

Tu n'as qu'à lui botter les fesses, m'aurait sûrement
conseillé Patte-Folle… Mais il n'avait pas de petite sœur.

Je lui ai promis d'y aller. Après tout, je connaissais
des chemins qu'aucun des *macacos* ne soupçonnait.
Mais j'ai à peine eu le temps d'entrouvrir la porte que
j'ai senti une main sur mon épaule.

— Mieux vaut ne pas sortir ce soir, Saturnino, a fait le vieux.

— Je vais juste chercher le chat de Luzia et je reviens...

— Alors je t'accompagne!

Je n'étais encore jamais monté dans un taxi! Le chauffeur connaissait son affaire et évitait les carrefours tenus par les *macacos*, exactement comme je l'aurais fait à pied. Le vieux n'a pas dit un mot jusqu'à l'aéroport. La pluie dégringolait toujours quand le taxi s'est arrêté sur le bas-côté et le vieux a tenu à m'accompagner jusqu'à notre abri. À ma suite, il s'est faufilé par le trou du grillage et, pendant que je fourrais Azula et ses petits dans un carton, il a examiné notre tanière à la lueur d'une lampe de poche. Le sol détrempé, les murs qui suintaient d'humidité, le vent qui se glissait sous les tôles rouillées, la porte faussée...

Il a sursauté en entendant un grondement tout proche et j'ai rigolé.

— Faut pas avoir peur, maestro! C'est rien d'autre que le dernier avion de la soirée, un McDonnell de l'Aerolineas Argentina. Depuis le temps, je les connais tous.

Le grondement est devenu assourdissant, le vieux s'est bouché les oreilles, tout s'est mis à trembler autour de nous et l'avion a décollé presque sous nos yeux. Je l'ai regardé s'élever, virer sur l'aile...

— C'est beau, hein?

— C'est terrible, a répondu le vieux. Pour un musicien, c'est terrible... Prends aussi les couvertures, Saturnino, je ne pense pas que vous reviendrez ici.

Luzia dormait déjà quand je suis rentré dans la chambre.

Un à un, Azula a pris ses petits dans la gueule et les a déposés à ses pieds, elle s'est roulée en boule au-dessus d'eux et n'a plus bougé, ronronnant pendant que ses bébés tétaient. Patte-Folle n'avait pas bougé de position. Toujours tourné vers le mur, il gémissait doucement avec une sorte de grondement rauque chaque fois qu'il inspirait.

Je l'ai appelé deux ou trois fois, mais il dormait peut-être.

35

Je me suis réveillé en sursaut.

Le jour se levait, une lumière grisâtre filtrait par la petite fenêtre et la pluie crépitait sur les tuiles, juste au-dessus de nos têtes, comme si ce déluge devait ne plus jamais finir. Quelque chose clochait. J'ai remonté la couverture sur moi. C'était peut-être à cause de la chambre, je n'avais pas l'habitude de dormir ici... Mais il y avait autre chose.

L'un des chatons a poussé un miaulement minuscule, je l'ai aperçu en train d'escalader Patte-Folle de toutes ses petites griffes, et soudain j'ai réalisé que je n'entendais plus Patte-Folle! Je n'entendais plus cette respiration de vieux phoque qui m'avait tellement inquiété la veille! Peut-être que ce n'était rien. Juste qu'il allait mieux...

— Patte-Folle, ai-je tenté à mi-voix.

Il ne bougeait pas. Même pas un tout petit peu. Le chaton est arrivé à hauteur de son épaule et lui a posé une patte sur la joue. Patte-Folle n'a même pas tressailli.

J'ai eu l'impression de me vider d'un coup de tout mon sang, mes oreilles se sont mises à bourdonner comme des ruches.

— Patte-Folle ! ai-je crié. Patte-Folle ! Merde ! Ré-
ponds !

Le chaton était maintenant campé sur son visage,
deux pattes sur les joues, une sur le nez et la dernière
sur le front. Luzia dormait.

Je me suis approché en claquant des dents.

— Patte-Folle... Hé...

J'ai posé la main sur son épaule. Elle était toute
raide, glaciale...

36

— Hémorragie interne, a déclaré le médecin appelé par le vieux.

Au-dehors, Patte-Folle n'avait que des bleus, des gros bleus, mais qui n'avaient rien d'affolant. Il était mort par l'intérieur, sans qu'on y voie rien.

Les autres étaient tous dans le couloir, Luzia s'était réfugiée dans les bras d'Anasofia et les chatons continuaient à se poursuivre à grands coups de galipettes à travers la pièce. Moi, je ne sais pas ce que j'avais fait de mes larmes, je n'arrivais pas à pleurer. Je restais sec et vide comme une coquille d'escargot crevé Je regardais Patte-Folle, incapable de le quitter des yeux.

Le médecin l'a allongé, les mains sur la poitrine, les yeux fermés, et il a mis un moment à comprendre qu'avec ses jambes tordues il n'arriverait jamais à rien de bien. Et comme ça, dans son jogging «Indiana University», Patte-Folle était presque beau. J'ai pensé que pour le disque, c'était fini...

Le vieux a été super Il s'est occupé de tout, comme s'il était le grand-père de Patte-Folle. Peut-être même mieux.

Le jour de l'enterrement, je n'ai pas vu un *macaco* dans les rues. À se demander où ils étaient passés! Juste une foule tellement nombreuse que je ne comprenais pas d'où pouvaient sortir tous ces gens. D'habitude, personne ne se déplaçait pour les enterrements de *pilluelos*. C'était réglé à la sauvette, une prière vite fait, la fosse commune, une pelletée de terre et on n'en parlait plus. Mais là, on était des centaines sous la pluie, à patauger dans un drôle de silence aussi épais que la boue.

Le cortège s'est mis en marche. On était quatre à porter le cercueil, Chanchito qui pleurait tout ce qu'il savait, Tartamudo, Zac et moi. Au-dessus, on a posé un énorme radio-cassette, Tartamudo a appuyé sur le bouton et on a accompagné Patte-Folle jusqu'au cimetière avec la *Marche de Radetsky* qu'on repassait dès qu'on arrivait à la fin. Jamais personne n'avait suivi d'enterrement avec une musique aussi entraînante, Patte-Folle aurait adoré.

Derrière, le vieux suivait en tenant Luzia par la main. Tous les autres venaient derrière, Anasofia, la belle Martha, tous ceux de l'orchestre et ces centaines de gens qui nous accompagnaient sans qu'on sache très bien pourquoi. J'ai repensé à ce qu'avait dit Patte-Folle. Peut-être que sa mère était là, parmi tous ces gens... Quand on est arrivés au cimetière, j'ai cherché à la reconnaître mais ce n'était pas facile.

Le vieux avait vraiment fait les choses en grand. Une plaque gravée sur une belle pierre attendait Patte-Folle:

Johann Strauss, trompettiste

Rien de plus.

Il a même fait venir un curé qui nous a assuré que Patte-Folle n'était pas vraiment mort. Exactement le genre de phrase qui, à Llallagua, aurait mis p'pa dans une rogne noire, mais qui aurait fait dire à m'man que la vie n'était pas comme un réveil qu'on aurait soudain oublié de remonter. Je ne comprenais pas bien tous ces trucs-là, parce que Patte-Folle, je l'avais vu, et il était vraiment mort. Plus mort que lui, ce n'était pas possible! Mais les mots du curé avaient quand même quelque chose de rassurant. C'était difficile de s'y retrouver.

En même temps que le cercueil, on a descendu le radio-cassette qui continuait à passer la *Marche de Radetsky* en boucle, histoire que Patte-Folle ne se retrouve pas trop vite tout seul.

Les gens qui nous suivaient ont alors jeté des fleurs dans la fosse. D'où les sortaient-ils? Ici, il ne restait plus que de la boue et de la pluie et ça faisait des semaines qu'on n'avait pas aperçu la moindre fleur! Ceux qui n'en avaient pas jetaient à la place des petits papiers de couleur. La grosse Anita a jeté sa fleur et m'a serré contre son énorme poitrine à m'en étouffer.

Et sous les fleurs et les papiers, on entendait toujours la *Marche de Radetsky*.

C'est seulement quand je suis rentré à l'Escuela que j'ai pleuré.

37

Santa Maria, Madre de Dios
ruaga pos nosostros peccadores
ahora y en la hora de nuestra muerte[1]...

L'après-midi même, je suis allé voir le vieux Guaman.

Agenouillé à même les marches dégoulinantes du parvis de la cathédrale et le visage levé vers le ciel, il marmonnait prière sur prière tandis que la boîte de conserve posée à côté de lui se remplissait de piécettes de cinq ou dix centavos. Ils étaient des centaines à venir lui demander de prier pour que cesse enfin le déluge qui noyait le pays depuis des semaines. Ils allumaient de grands cierges blancs qui brillaient nuit et jour sous le porche de la cathédrale, baisaient les pieds de la statue de San Paolo puis, à genoux sous la pluie battante, rejoignaient Guaman pour l'accompagner à voix basse.

Benedita tu eres
entre todas mueres[1]...

1. Prière du *Je vous salue Marie* en espagnol.

J'ai attendu que Guaman termine une prière pour m'approcher.

— Tu en veux pour combien? a-t-il demandé sans me regarder.

Il comptait une à une les minuscules pièces qui remplissaient sa boîte.

— Je ne viens pas pour la pluie.

— Alors tu es bien le seul!

Il m'a dévisagé un moment. Un regard gris, un peu voilé, qui semblait voir bien au-delà des gens.

— Tu es déjà venu, n'est-ce pas?

J'ai eu l'impression qu'il était capable de plonger jusqu'au fond de mes pensées, l'impression qu'il connaissait sur moi bien plus de choses que je n'en connaîtrais jamais.

— Oui... Il y a longtemps déjà, pour des amis qui avaient disparu.

— Je m'en souviens. Alors, que veux-tu?

— Je voudrais savoir si... si tu pourrais dire des prières pour demander la mort de quelqu'un.

J'ai lâché les derniers mots dans un souffle et le regard de Guaman s'est fait plus aigu. Autour de nous, les gens agenouillés continuaient de prier dans une sorte de bourdonnement mais la pluie faisait la sourde oreille. Elle tombait toujours, avec le même bruissement entêté, comme si elle avait décidé de tous nous engloutir et de noyer jusqu'aux sommets de la Cordilera.

— Je ne peux prier que pour le bien des hommes, *muchacho*. Le reste est l'affaire du Diable.

Quelques têtes se sont tournées vers nous en l'entendant prononcer le mot «*Diablo*».

— Mais cette mort-là fera du bien à tous, Guaman.
J'en suis sûr.

Je lui ai montré les quelques pièces qui me restaient. Il a hoché la tête en tendant sa boîte vers moi.
Elles y sont tombées avec un bruit de ferraille.

— Je voudrais que tu pries pour…

Il a posé sa main sur ma bouche.

— Chut! Je ne veux rien savoir. Je vais simplement
prier pour une mort qui fera du bien. Certaines morts
délivrent, et d'autres enchaînent, certaines sont douces
comme des fruits et d'autres amères comme des
herbes. Ce n'est pas à moi d'en juger. File, maintenant! Et fais attention à toi!

Et sans attendre, les yeux levés au ciel, il s'est aussitôt replongé dans ses prières.

Dio te salve, Maria,
llena eres de gracia…

À mon tour, je me suis agenouillé sous la pluie à
côté de Guaman. Jamais je n'avais fait ça. Personne ne
m'avait jamais appris les mots qu'il prononçait, je ne
disais rien, mais j'écoutais les autres et j'y mettais vraiment de la bonne volonté.

C'était la première prière destinée à la mort du
sargento.

38

Le vieux savait très bien ce que j'allais faire quand il a accepté de me prêter son téléphone.

— La touche verte, là…

— Oui… Je sais.

Je me suis refugié dans notre «chambre». En bas, les autres accordaient déjà leurs instruments pour la répétition. Malgré la mort de Patte-Folle, le vieux avait décidé de ne rien changer au rythme de l'Escuela. Je me souvenais exactement du numéro du président.

Trois, quatre sonneries. Puis une voix:

— *Diga ?*

J'ai avalé ma salive, je tremblais de tous mes muscles.

— *Señor presidente…* Patte-Folle est mort.

J'ai entendu une respiration à l'autre bout, puis ça a raccroché et j'ai rappelé…

La même voix, agacée:

— *Diga ?*

— Patte-Folle est mort, ai-je répété.

— Tu as volé le téléphone de Romero, n'est-ce pas?

159

Comment avait-il pu deviner que j'utilisais le téléphone du vieux? Je ne comprenais pas mais ça n'avait aucune importance.

– Non, je ne l'ai pas volé. Il me l'a prêté.

La voix a laissé échapper un petit rire.

– Prêté! Décidément... Ce pauvre Romero est incorrigible!

– Patte-Folle est mort, ai-je encore répété. C'était mon ami. Il est mort à cause de vous!

– Je ne comprends rien de ce que tu me dis.

– Les *macacos* l'ont tué.

– Alors, si ce sont les *macacos*, comme tu dis, ce n'est pas moi! Mais peut-être faisait-il partie de ces petits pilleurs de l'autre jour.

La voix était soudain devenue douce, comme s'il faisait réellement un effort pour comprendre.

– Et toi, comment t'appelles-tu?

J'ai hésité.

– Saturnino.

– Tu sais, Saturnino, Romero et moi, pendant des années, nous avons été comme les doigts de la main. Rien ne pouvait nous séparer. Pendant toute notre jeunesse, nous avons rêvé de ce que nous allions faire de grand dans ce pays. Et puis voilà. Nous avons choisi des directions différentes et rien ne s'est passé comme nous l'avions imaginé. Rien... Et pourtant, à nous deux, nous aurions pu faire quelque chose de bien, de vraiment bien... On ne choisit pas toujours.

Il a raccroché. Je ne lui avais parlé ni des parents, ni de Llallagua. En bas, les autres s'installaient pour la répétition.

J'ai rendu son téléphone au vieux. Du bout de sa baguette, il a tapoté sur son pupitre et s'est raclé la gorge.

— J aimerais dédier notre répétition de ce soir à Johann Strauss.

39

Aussi brusquement qu'elle avait débuté, la saison des pluies a cessé, deux jours après l'enterrement de Patte-Folle.

Lorsque je me suis réveillé, les sommets de la Cordilera se dressaient à l'horizon, tout blancs de neige, et deux minuscules points noirs sillonnaient le ciel en poussant des cris perçants. Des aigles en chasse, m'avait appris p'pa. Le sol et les pierres fumaient au soleil, plongeant les rues dans une brume tiède et bleuâtre. La ville se séchait comme un chien qui sort de l'eau.

Malgré la grosse Anita et quelques autres qui s'obstinaient à s'y installer tous les jours, le marché du Rio del Oro était toujours aussi vide et les clients toujours aussi rares. Depuis le pillage du Gigante de la Plaza Mayor, les *macacos* avaient renforcé leur surveillance tout au long du Curso Bajo, et il était devenu presque impossible d'aller travailler de l'autre côté, vers l'Avenida Nacional ou la plaza. Certains disaient que les touristes n'allaient plus tarder à revenir et que tout cela ne serait bientôt plus qu'un mauvais souvenir. N'empêche que, sans la générosité du vieux qui, presque chaque soir, déboulait avec une caisse débordante de fruits, d'*empenadas* et de beignets, je ne sais pas comment on s'en serait sortis.

Dans les rues, l'air était tellement épais, tellement saturé de l'humidité accumulée par des semaines et des semaines de pluie qu'il pesait des tonnes et engluait chacun de nos gestes. Les minibus eux-mêmes se traînaient à l'allure du pas et les *flotas* qui sillonnaient d'habitude les grandes artères en klaxonnant à tout-va semblaient nager dans la brume comme d'énormes baleines. La ville donnait l'impression de marcher au ralenti. Les gens du quartier erraient, désœuvrés. Ils semblaient attendre une chose qui ne venait pas. Ils semblaient suspendus à je ne sais quel événement qui allait les délivrer de toute cette pesanteur.

Seul le vieux ne remarquait rien. Il arrivait comme d'habitude, vers le milieu de l'après-midi, vêtu d'une veste blanche impeccable et d'un panama avec lequel il nous saluait dès son arrivée. Il s'épongeait le front et les lèvres avec l'un de ses mouchoirs blancs et nous souriait.

– Quelle lourdeur, n'est-ce pas?... J'avais oublié tout cela!

Il s'asseyait à l'ombre des murs de l'Escuela et chantonnait tandis que je m'occupais de ses chaussures. Et lorsque Zac arrivait, le vieux nous donnait notre cours.

Malgré les volets mi-clos, la chaleur poissait comme du miel et l'Escuela ressemblait plus que jamais à une ruche toute bourdonnante de musique.

En fin d'après-midi, lorsque l'obscurite tombait, les crapauds et les grenouilles se réveillaient tous ensemble, comme s'ils obéissaient à un signal, et, en quelques secondes, le vacarme assourdissant de leurs coassements et de leurs sifflets envahissait les rues. Il ne cessait qu'à l'aube, avec les premiers rayons du jour. Le soir n'apportait aucune fraîcheur et on ressortait des répétitions trempés de sueur, mais le vieux ne désarmait pas.

Chaque jour, l'orchestre répétait au grand complet, et le soir, la plupart d'entre nous restaient désormais à l'Escuela pour dormir.

Elle était devenue notre refuge et jamais nous n'avions connu une telle sécurité.

40

Ce soir-là, au moment où l'on s'installait pour la répétition avec nos instruments, le téléphone du vieux a sonné. Ça faisait une dizaine de jours qu'on avait enterré Patte-Folle, et la ville baignait toujours dans cette atmosphère moite et vaporeuse qui, chaque année, suivait la saison des pluies. Rien qu'au visage du vieux, j'ai tout de suite compris qu'il regrettait d'avoir répondu. Il s'est détourné pour parler à mi-voix.

— C'est que nous ne sommes pas encore tout à fait au point... Bien... Fais comme tu voudras.

Dehors, les crapauds jacassaient et se répondaient dans un brouhaha infernal, mais c'est à peine si l'on y faisait encore attention. Le vieux est revenu à son pupitre, un curieux sourire aux lèvres.

— Nous allons avoir de la visite, a-t-il annoncé juste assez haut pour qu'on l'entende. Mais tout se passera très bien, j'en suis sûr.

Il n'a rien ajouté et on a attaqué la sonatine mais, pour la première fois depuis qu'il dirigeait l'orchestre, je l'ai trouvé absent, préoccupé par autre chose que la musique. On attaquait la deuxième reprise de la sonatine lorsqu'on a entendu des vrombissements de

moteurs. Des voitures se sont arrêtées devant l'Escuela, rien qu'au bruit, il devait y en avoir une dizaine, peut-être plus.

— Je crois que voilà déjà notre visiteur, ne vous...

Le vieux n'a pas terminé sa phrase. Une vingtaine de *macacos* ont brusquement déboulé, armés jusqu'aux dents et, sans un mot, se sont postés tout autour de la salle et dans les escaliers. Ils furetaient partout et semblaient aux aguets comme des chiens de garde. À l'extérieur, des cris et des ordres fusaient, on devinait le halo des phares des véhicules militaires garés le long de l'Escuela. Le vieux n'aurait pas été là, on aurait tous été morts de trouille mais, de la main, il nous a fait signe de ne pas bouger, de ne pas avoir peur. Un voix a braillé un ordre, des talons ont claqué et la porte s'est ouverte. Un homme en costume sombre a filé droit vers le vieux et l'a serré dans ses bras à l'étouffer. L'homme en gris s'est enfin séparé du vieux et s'est tourné vers nous. J'ai retenu un cri en le reconnaissant.

— Alors comme ça, Romero, voilà tes lascars...

Le président Ayanas nous dévisageait un à un. Son petit regard vif, enfoncé au creux des orbites, sautait de l'un à l'autre, revenait, filait plus loin, observait... Il examinait nos vêtements qui avaient traversé la saison des pluies, nos ongles crasseux et nos cheveux en bataille. Il s'est arrêté un peu trop longtemps sur Anasofia et j'ai détourné les yeux lorsque son regard s'est posé sur moi. En plus vieux, il ressemblait exactement au portrait que les *macacos* affichaient sur leur col mais j'étais médusé de voir quelqu'un d'aussi petit, ridé et gris. Dans mon idée, un président devait être plus grand que ça. Beaucoup plus grand.

— Et tu arrives à tirer quelque chose de cette bande de *pilluelos*? a-t-il demandé au vieux dans un demi-sourire.

— Et toi ? a répliqué le vieux en désignant les *macacos* qui montaient la garde, retranchés derrière leurs absurdes lunettes noires. Qu'arrives-tu à tirer de ceux-là ?

Le sourire du président s'est accentué.

— Assieds-toi là, a fait le vieux en lui désignant une vieille chaise bancale. Hormis de la musique, je n'ai rien de mieux à t'offrir. Nous allons te jouer notre menuet.

Il a tapoté le pupitre du bout de sa baguette mais je n'ai pas réagi, j'avais la tête ailleurs. Du côté de ce petit président de merde qui nous avait fait tant de mal.

— Saturnino, m'a rappelé le vieux, à quoi tu rêves?

Aussitôt, le regard d'Ayanas s'est fixé sur moi. Il savait enfin qui l'avait appelé quelques jours auparavant. Je lui ai jeté un coup d'œil furtif qu'il a attrapé au vol et il m'a adressé un petit applaudissement silencieux. Je n'ai pas compris pourquoi.

— Deux, trois, quatre… a compté le vieux.

Heureusement, on avait répété, et répété, tellement répété que je m'en suis tiré sans trop de catastrophes, parce que rien qu'à sentir les yeux du président posés sur moi comme des lames, j'étais incapable de penser à quoi que ce soit.

L'accord final du menuet est tombé et Ayanas nous a applaudis. Les *macacos* n'ont pas bougé.

— Étonnant, Romero! Tu es parvenu à quelque chose de tout à fait étonnant avec ces gamins.

— Eux seuls sont parvenus à quelque chose d'étonnant, a répondu le vieux en secouant la tête. Je n'ai été que le révélateur...

— Tu crèveras de ta modestie, Romero.

Le président s'est approché de moi. Ses petits yeux me fixaient du fond de leur orbite, sans aucune malveillance, sans aucune douceur non plus. Il m'observait exactement comme si j'avais été un insecte ou une plante. Je tremblais comme une feuille.

— Alors, voilà donc le Saturnino qui me téléphone, a-t-il murmuré.

Il m'a effleuré la joue et, quand il s'est de nouveau assis, j'avais envie d'effacer la trace de son doigt sur ma peau.

— La sonatine, a annoncé le vieux.

On n'était pas encore arrivés au milieu du morceau que les premiers cris ont retenti. Ils provenaient de l'extérieur, très confus d'abord, puis comme une sorte de rumeur qui montait, grossissait, s'amplifiait... Imperturbable, le vieux continuait à nous diriger, Ayanas ne bougeait pas d'un cil. Comme s'il ne se passait rien. J'avais de plus en plus de mal à me concentrer, et je n'étais pas le seul... Dehors, les cris se sont précisés. D'un côté, les uns criaient le nom du président et, en écho, d'autres répondaient aussitôt par: «Démission !»

Ayanas, démission ! Ayanas, démission ! Ayanas, démission !

Combien pouvaient-ils être pour gueuler aussi fort? On est arrivés au bout de la sonatine un peu en pagaille. Le vieux n'a rien dit, pas bougé, les *macacos* devenaient de plus en plus nerveux et Ayanas a applaudi.

Ayanas, démission ! Ayanas, démission !

— J'imagine, a-t-il dit au vieux, que toi aussi tu as dû te faire huer lors de certaines représentations...

— Je n'ai pas ce souvenir, non...

Leurs regards se sont croisés.

Ayanas, démission ! Ayanas, démission !

Les cris étaient maintenant tout proches.

— Un simple mouvement de mauvaise humeur, a repris Ayanas. Ce n'est pas la première fois. Ils savent que je suis ici mais ne t'inquiète pas, mes hommes vont régler cela. Continue donc!

— Non, a fait le vieux en nous désignant. Je ne peux pas leur demander de jouer dans ce bruit.

Quelque chose a claqué contre le mur. Une pierre peut-être. Un second choc a suivi, puis un bruit de verre brisé et, presque aussitôt, le crépitement d'une arme automatique. Au-dehors, les cris ont brutalement cessé. Pendant une demi-seconde, on n'a plus entendu que le coassement obsédant des crapauds... Et puis les cris ont repris, plus forts, plus violents encore. *Ayanas, assassin! Ayanas, assassin!* Dehors, on distinguait de vagues lueurs de torches. On restait là, figés, nos instruments à la main. Le vieux ne bougeait toujours pas. Mon regard a croisé celui du président. P'pa, m'man, Patte-Folle, Oscar, Vargas, et tant d'autres... J'avais envie de hurler «assassin» avec les autres. Je n'ai pas osé. Un officier des *macacos* a brutalement ouvert la porte, il s'est précipité vers le président et lui a murmuré quelques mots.

— Je crois que nous allons devoir abréger ce petit concert, a fait Ayanas.

Une nouvelle rafale a claqué dans la nuit. En quelques secondes, les hommes de la garde du président l'ont entouré et se sont dirigés vers la porte, leurs armes tendues droit devant eux.

— Viens, Romero ! a ordonné Ayanas. Viens avec moi ! Ces fous furieux ne te laisseront pas la vie sauve !

Mais le vieux a secoué la tête.

— C'est après toi qu'ils en ont, Alfredo...

Dehors les armes crépitaient. *Ayanas, assassin ! Ayanas, assassin !* La grande porte de l'Escuela vibrait sous les coups des manifestants qui tentaient de rentrer et des *macacos* qui les repoussaient. Les détonations se multipliaient, suivies de cris, de nouvelles rafales et de nouvelles explosions... Et toujours ce slogan qui revenait : *Ayanas, assassin ! Ayanas, assassin !*

— Romero, nom de Dieu ! Viens ! Tu vas te faire écharper !

Mais le vieux ne s'occupait plus du président.

— Mettez les instruments à l'abri ! Vite ! Dans le salon de musique ! Et filez par-derrière !

Sur un signe du président, quatre *macacos* se sont rués sur lui et l'ont entraîné de force en même temps qu'Ayanas. Au moment où ils disparaissaient tous les deux par le petit couloir qui donnait sur

172

l'arrière du bâtiment, la grande porte de l'Escuela a craqué et les manifestants se sont précipités à l'intérieur en hurlant.

J'ai agrippé la main de Luzia.

41

On s'est terrés dans un recoin de l'escalier. Autour de nous, les gens étaient comme fous, ils se déchaînaient, pillaient tout, saccageaient, arrachaient les portes, brisaient nos bancs, jetaient nos paillasses par l'escalier... *Ayanas, assassin! Ayanas, assassin!* Zac et Juan leur hurlaient d'arrêter, que le vieux n'y était pour rien, qu'ici, c'était juste l'école de musique, notre école! Qu'Ayanas s'était enfui! Mais personne ne faisait attention à eux.

Un *macaco* est passé à deux pas de moi, une arme à la main, c'était le *sargento*. Un gigantesque type a soudain surgi devant lui et, avant même que le *sargento* esquisse le moindre geste, il lui a balancé un tel coup qu'il s'est écroulé d'un bloc, sans un cri. Le type a continué à le larder de coups de pied pendant qu'il était à terre. Le *sargento* ne bougeait plus. Au moment où l'homme se baissait pour ramasser son arme, nos regards se sont croisés.

– Alors quoi, mon gars! Tu crois peut-être qu'il mérite mieux que ça?

Il a dirigé le pistolet vers le *sargento*, toujours à terre. J'ai fermé les yeux en attendant la détonation, mais rien n'est arrivé. Quand j'ai de nouveau regardé, l'homme avait disparu et le *sargento* était à mes pieds, immobile.

Un petit homme édenté que j'avais souvent croisé sur le marché est arrivé avec un bidon d'essence.

– Laissez-moi passer! a-t-il hurlé, laissez-moi passer!

Il a répandu son essence sur un tas de portes et a jeté l'une des torches par-dessus. Juan s'est précipité, mais les flammes se sont élevées d'un coup, en ronflant, tandis que les autres applaudissaient et s'égosillaient. Un peu partout, d'autres l'imitaient. Ces fous mettaient le feu à l'Escuela. Je ne comprenais pas pourquoi. Je ne comprenais pas... Juan pleurait, le visage à quelques centimètres des flammes.

Un nouveau cri a soudain dominé les autres: «Il n'est plus là! Au palais! Au palais!» En quelques secondes l'Escuela s'est vidée. Comme une énorme vague, la foule a reflué au-dehors, en direction de de la Plaza Mayor et du palais du président.

Les flammes s'élevaient çà et là, elles léchaient déjà les murs, se glissaient le long des escaliers, la fumée tourbillonnait...

– Les instruments! a crié Juan. Il faut sauver les instruments!

Quand on s'est précipités vers le salon de musique, on n'y voyait déjà plus rien. La fumée était partout, brûlante, étouffante, irrespirable. Elle envahissait les couloirs et, seconde après seconde, nous enserrait un peu plus dans son brouillard opaque.

On n'a pas reculé. Le salon de musique avait été saccagé, pillé, les disques du vieux étaient par terre, piétinés, cassés, et sa chaîne était en miettes. Certains avaient tenté de mettre le feu aux instruments. Plusieurs portaient la trace des flammes et d'autres avaient été piétinés. Juan a attrapé le premier violon qui lui est tombé sous la main, il l'a passé à Zac, qui l'a passé à Anasofia...

— Plus vite! Plus vite!

On a fait la chaîne pour sauver nos instruments. Tout le monde toussait. J'ai noué mon tee-shirt sur ma bouche, Luzia a fait la même chose, mais malgré tout, je sentais mes poumons se racornir peu à peu. La fumée devenait de plus en plus dense. Il ne restait plus que quelques instruments quand on a dû abandonner. C'était trop risqué, trop tard.

— Faut partir, Luzia! ai-je hurlé. Pas rester là!

Je l'ai attrapée par la main et on a couru vers la sortie, courbés à ras du sol pour tenter de trouver un peu d'air. On se bousculait dans les couloirs envahis de fumée. Malgré les flammes qui, par endroits, projetaient des éclats gigantesques, j'avais l'impression de courir en pleine obscurité. Je ne savais plus où j'étais. Luzia s'agrippait à moi de toutes ses forces. On a enfin retrouvé l'escalier. On butait contre les bancs renversés et les étuis de violon abandonnés là, on se relevait en les piétinant et on repartait. La main de Luzia était crochetée à la mienne, je ne sais pas comment on a fait pour rester ensemble.

Je ne sais pas non plus comment on s'est retrouvés dehors. On a couru un moment, toujours droit devant nous, sans savoir où on était ni où on allait. Tout autour, les autres fuyaient aussi. Certains pleuraient.

D'autres restaient cloués sur place, pliés en deux par d'interminables quintes de toux.

Je ne me suis arrêté que lorsque j'ai senti qu'on était enfin hors de portée des flammes et de la fumée. Je haletais comme un chien, la gorge et les poumons déchirés par la chaleur, la bouche sèche comme une pierre. Écroulée contre moi, Luzia palpitait avec des gémissements de bête blessée. On n'avait plus la force de parler ni de bouger, on tentait seulement de reprendre haleine. Là-bas, du côté de l'Escuela, les flammes jaillissaient de partout. Attisées par la brise tiède qui balayait la vallée, elles se tordaient en tous sens et escaladaient la façade. Les pierres elles-mêmes semblaient s'embraser comme des brindilles.

Quand j'ai enfin regardé autour de moi, j'ai réalisé qu'on s'était réfugiés sur les marches de l'ancien *ayuntamiento*.

Les autres nous ont rejoints peu à peu, les yeux rougis par la fumée, les mains brûlées et le visage noir des cendres qui voltigeaient partout comme des flocons. Appuyés contre les pierres, ils toussaient à n'en pas finir. La chaleur était insoutenable. Le souffle de l'incendie nous desséchait sur place et, portées par le vent, des milliers d'escarbilles voltigeaient autour de nous, mais, maintenant qu'on était hors de danger, personne ne bougeait. Je tenais toujours la main de Luzia serrée dans la mienne. Anasofia et Juan ont été les derniers à sortir du brasier. Les cheveux à demi brûlés, ils se sont laissés tomber sur les marches en fixant l'Escuela d'un air hébété, comme s'il était impossible de croire à ce qui se passait sous leurs yeux.

Là-bas, du côté du Curso Bajo, les affrontements faisaient toujours rage entre les manifestants et les *macacos*. On entendait les cris, on devinait d'autres incendies, des rafales crépitaient et des éclairs déchiquetaient la nuit.

Une série de détonations toutes proches a soudain ébranlé l'air brûlant. Les fenêtres de l'Escuela explosaient sous la chaleur. Elles éclataient une à une, en milliers de minuscules morceaux de verre qui jaillissaient dans toutes les directions et venaient se ficher dans la poussière du sol, à quelques pas de nous.

Les flammes se sont engouffrées en ronflant par les ouvertures, de plus en plus hautes, de plus en plus violentes. En quelques secondes, elles ont atteint la toiture. L'Escuela n'était plus qu'une fournaise, rouge comme l'enfer. Et lorsque, à leur tour, les tuiles ont explosé, elles ont crépité avec les mêmes claquements secs que les ribambelles de pétards que l'on allumait le jour de l'Indépendance.

Si Patte-Folle avait été là, je suis sûr qu'il aurait bondi comme un ressort dans tous les sens, mais je me sentais vide, exténué, comme si mon cœur était à deux doigts de fondre dans toute cette chaleur. Je me suis retourné vers les autres. J'ai fouillé parmi les visages noirs et luisants de sueur qui m'entouraient. Tous avaient ce même air absent, les yeux fixés sur l'incendie qui ravageait notre Escuela.

Dans un vacarme de fin du monde, la toiture s'est affaissée d'un bloc. Une immense gerbe d'étincelles orange a jailli de la fournaise en embrasant le ciel jusqu'aux étoiles. Les flammes sont montées à l'assaut de la nuit. Et l'Escuela s'est écroulée morceau par morceau, mur après mur, dévorée par le feu.

42

Les crapauds se sont tus, le jour s'est levé, il ne restait rien de l'Escuela.

Des décombres calcinés, des murs effondrés et noircis par les flammes, des enchevêtrements de poutres carbonisées, encore fumantes et, partout sur le sol, les milliers d'éclats de verre des vitres qui avaient explosé sous la chaleur. Une odeur écœurante de fumée et de suie avait envahi tout le quartier. Au moindre souffle, les flammèches se rallumaient. Attisées par le vent, elles se propageaient çà et là et achevaient de brûler les derniers débris.

À quelques mètres des ruines fumantes, des amas informes d'instruments et d'étuis rongés par les flammes s'entassaient à même le sol, recouverts par cette impalpable poussière grise qui flottait dans l'air. Tout ce qu'on avait pu sauver de l'incendie était là.

On contemplait le désastre sans un mot, hébétés, paralysés de stupeur.

De l'autre côté de l'*ayuntamiento*, à la limite de l'ancien quartier, les gens se rassemblaient, de plus en plus nombreux à chaque instant. Certains avaient sans doute fait partie des émeutiers de la nuit, mais, avec le jour, la folie d'hier était retombée. Ils approchaient pas à pas, comme aimantés par la carcasse calcinée de l'Escuela. Ils venaient nous retrouver au milieu des derniers nuages de fumée grise que balayait le vent. Le silence était irréel. On n'entendait pas un bruit, plus un slogan, rien que le bruit de leurs pas dans la poussière et, juste au-dessus de nos têtes, les cris aigus du couple d'aigles qui chassait.

— Regarde, a soudain murmuré Luzia.

Sortie de je ne sais quelle cachette, Azula nous rejoignait, suivie de ses trois petits à la queue leu leu. Luzia les a serrés contre elle en les berçant.

Tartamudo s'est levé si doucement que je n'y ai d'abord pas fait attention. Il a fait quelques pas vers l'Escuela, noir de crasse et les cheveux à moitié cramés. Une longue estafilade sanguinolente lui barrait le visage. Il s'est juché sur un pan de mur encore fumant et a fermé les yeux, comme pour refuser de voir toute cette désolation de merde qui nous entourait. Il a pris une longue inspiration et j'ai cru entendre la voix de la petite dame racornie comme un abricot sec en train de l'engueuler. « *Ici, tête de mule ! Tu le prends ici, ton air. Par le ventre, c'est compris ?* »

Les aigles eux-mêmes ont cessé de crier quand il a commencé à chanter.

Altro non amo
que dolce pace
altro non amo
che libertá[1]

Personne ne comprenait rien aux paroles, on ne savait même pas en quelle langue il chantait, peut-être même que ça ne voulait rien dire et qu'il inventait tout ce charabia, mais c'était si beau qu'on s'en foutait. La voix d'ange de Tartamudo voltigeait au milieu des décombres fumants, elle glissait tout là-haut avec les aigles, bien au-dessus des ruines, et nous emmenait à des milliers de kilomètres d'ici. Médusés par la pureté de la voix qui sortait de ce gros corps pataud, les gens approchaient sans le moindre bruit. Ils se figeaient à quelques pas de Tartamudo, les yeux fixés sur ce grand escogriffe noirci et sanguinolent qui chantait comme un habitant du Paradis.

Il chantait toujours lorsque Luzia s'est dirigée vers le tas d'instruments. Avec mille précautions, comme s'ils étaient encore plus précieux maintenant qu'on les avait sauvés de l'incendie, elle a soulevé un à un les étuis carbonisés. On l'a rejointe sans faire de bruit. Au fur et à mesure que Luzia sortait les instruments, les mains se tendaient.

Les uns récupéraient un violon noir de suie, les autres une flûte tordue, un archet...

– Regarde, Saturne, a chuchoté Luzia. Ma flûte...

Elle était toujours dans son étui, intacte.

Non v'affidi il sereno calma di sorte ha la tempesto in seno[2], chantait maintenant Tartamudo. Et nous, sans un bruit, on dégageait ce qui restait de nos instruments.

1. «Je n'aime rien / que la douce paix, / je ne désire rien d'autre / que la liberté.»
2. «Méfiez-vous, lorsque le destin semble paisible, il cache une tempête en son sein.»

Le manche d'un violoncelle dépassait. C'était celui de Zac. La volute avait brûlé, l'une des cordes avait claqué, mais le reste semblait ne pas avoir trop souffert. Tout à côté, le mien avait pris un sérieux coup de chaud, la caisse était crevée.

Lorsque Tartamudo s'est tu, on avait presque tous retrouvé nos instruments. La plupart étaient dans un sale état, mais on tentait quand même de les bricoler avec les moyens du bord. Zac a récupéré je ne sais où une vieille corde qu'il a essayé d'installer sur son violoncelle. Anasofia tentait d'emmancher des morceaux dépareillés de flûtes, Juan bidouillait un violon avec la pointe de son canif et d'autres remplaçaient les chevilles perdues ou brûlées par de simples bouts de bois. Mais personne ne se risquait encore à jouer.

43

— Hé, là-bas, regardez!

On a relevé la tête. Émergeant d'une nappe de fumée grise, une silhouette venait à notre rencontre. Impossible de ne pas la reconnaître!

Anasofia s'est précipitée. Le vieux semblait exténué, le visage gris, le costume sali de traînées noirâtres. On se battait encore en centre-ville, ça tirait de partout et il y avait des barricades plein les rues. Il était venu à pied. Son regard a d'abord erré sur les décombres fumants de l'Escuela, comme s'il ne nous voyait pas. Et puis il nous a enfin regardés, un par un. Nous, crasseux, noirs de suie, cramés et écorchés de partout, et nos instruments carbonisés, crevés et retapés à la va-vite. Un vague sourire s'est dessiné sur ses lèvres.

— Et.... tout le monde est là? a-t-il demandé d'un air inquiet.

Un à un, il faisait le tour des visages. Tout le monde était là. Il s'est fendu de son sourire chinois.

— Alors finalement, ce n'est pas si grave que ça...

Tous les regards restaient rivés sur lui.

Une fille a commencé à accorder ce qui restait de son violon. Les autres l'ont imitée dans un brouhaha de foire. Juan et Anasofia ont commencé à courir de l'un à l'autre, retendant une corde ici, replaçant un minuscule ressort de flûte là. On s'est installés comme on pouvait, assis sur les marches de l'ancien *ayuntamiento*.

Tartamudo a aidé le vieux à grimper sur un pan de mur, je me suis précipité vers lui et j'ai frotté ses chaussures couvertes de cendres avec le bord de mon tee-shirt. Ce n'était pas du bon boulot, bien sûr, mais une promesse est une promesse.

Il a tapoté le bord du mur avec un bout de fer à béton rouillé ramassé par terre. Très haut, les deux aigles ont poussé un cri. Le vent effilochait de grandes écharpes de fumée grisâtre, la chaleur poissait, mais seul comptait ce vieil homme avec son morceau de ferraille à la main.

— On va reprendre la sonatine, Mozart… Vous êtes prêts?… Trois, quatre…

Les gens du quartier se sont avancés encore plus près pour écouter cette musique qu'ils n'avaient jamais entendue.

Là-bas, l'Escuela finissait de brûler et nous donnions notre premier concert public.

44

Trois ans plus tard, alors que nous venions de donner un concert de ce que les journalistes appelaient «l'orchestre des *pilluelos*», le vieux s'est écroulé, victime d'une crise cardiaque.

Pendant quelques mois encore, Juan et Anasofia ont bien tenté de reprendre le flambeau mais le vieux était irremplaçable.

Avec Luzia, nous sommes repartis à Llallagua. Je me suis débrouillé pour qu'elle rattrape le temps perdu et le seul collège du coin l'a acceptée sans problème, un collège de sœurs, ce qui aurait certainement ravi m'man et rendu p'pa furieux. Moi, j'avais l'âge d'être embauché à la mine.

Je n'ai jamais revu aucun des musiciens de l'orchestre, plus jamais entendu parler d'eux, sauf une fois, des années plus tard, et complètement par hasard.

À l'époque, Ayanas était mort depuis longtemps, les milices avaient été dissoutes et la nouvelle présidente semblait quelqu'un d'honnête. C'était en novembre, ou décembre peut-être, et le syndicat des mineurs m'avait payé le voyage jusqu'à la capitale pour que je participe à une réunion au ministère.

C'était la première fois que je remettais les pieds en ville depuis l'orchestre. Pas mal de choses avaient changé et le quartier de l'ancien *ayuntamiento* était de nouveau en pleins travaux. Je n'ai même pas pu retrouver l'emplacement de l'Escuela qui avait été rasée après l'incendie. J'ai pris le temps de faire un détour par la tombe de Patte-Folle.

Je m'attendais à la trouver sale, encombrée de mousses, ou même à ne pas la retrouver du tout, mais non! Bien au contraire. La pierre que le vieux avait fait graver était entrenue, grattée, lavée, et une petite boîte de conserve d'où émergeaient quelques fleurs fraîches trônait devant. J'ai regardé autour de moi, le cimetière était vide, personne pour me renseigner. Qui donc pouvait entretenir la tombe de Patte-Folle? L'heure tournait, il fallait que je parte, et encore aujourd'hui je n'ai aucune explication à ce mystère.

C'est en fin d'après-midi, alors que je ressortais de la réunion des syndicats, que j'ai aperçu l'affiche. Je m'y suis sans doute arrêté à cause du nom de «Vivaldi» qui me rappelait tellement le vieux. Un autre nom était écrit en dessous, «Vasco Ascellar – contre-ténor». Ce nom ne me disait rien, mais j'ai immédiatement reconnu le visage. Le concert avait lieu le soir même. À six cents centavos la place, c'était pas donné, mais les banques n'étaient pas encore fermées et j'ai pioché dans la réserve que je gardais pour Luzia.

Avec mes pognes crasseuses et mes gros godillots de mineur, je ne me sentais pas vraiment à l'aise en entrant dans la salle. Mes voisins louchaient vers moi en se demandant ce qu'un type dans mon genre venait faire à écouter le *Nisi Dominus* de Vivaldi. Je me le demandais aussi et j'ai failli prendre mes jambes à mon cou.

Et puis ça a commencé.

Tartamudo était encore plus épais et plus massif qu'avant, mais sa voix n'en était que plus surprenante, aérienne, incroyablement légère... J'ai fermé les yeux pour ne me consacrer qu'à elle. Et lorsque mon abruti de voisin s'est penché vers sa femme pour lui chuchoter: «Regarde, il s'est endormi», je n'ai même pas bougé pour le détromper. Sombre crétin! Bien sûr que je n'étais pas endormi. C'était même tout le contraire, jamais je ne me suis senti une attention aussi aiguisée que pendant cette heure de concert.

La dernière note s'est éteinte et Tartamudo a salué sous un tonnerre d'applaudissements qui reprenait de plus belle dès qu'il faisait mine de quitter la scène.

Dès que j'ai pu me libérer de la foule qui sortait, j'ai foncé vers les coulisses, mais un type m'a barré le chemin.

— La sortie est de l'autre côté, monsieur.

— Je voudrais simplement voir Tartamudo, c'est un ami à moi.

Le type m'a regardé bizarrement. Évidemment, personne ici ne connaissait de Tartamudo, mais j'avais oublié son «vrai» nom.

La porte s'est entrouverte. Je l'ai aperçu.

— Tarta!

Il s'est retourné, un peu surpris, s'est approché...

— Saturne! Si je m'attendais à ça!

— Je t'ai vu sur l'affiche, alors je me suis dit que…
C'était beau, tu sais!… Vraiment beau!

— Merci. Et toi, ça va?

— Pas mal, oui… Je me demandais si…

Une femme l'a appelé en me jetant un coup d'œil
intrigué.

— J'arrive! lui a lancé Tartamudo. Excuse-moi,
mais je dois… Mon avion part très tôt demain.

J'ai hoché la tête.

— Ton avion… Oui, je comprends. Bonne chance,
Tarta!

Il m'a adressé un petit signe de la main.

— Salut, Saturne!

La porte s'est refermée. C'est seulement à ce
moment que j'ai réalisé que Tartamudo ne bégayait
plus.

Le dernier train pour Llallagua partait dans un
quart d'heure, j'avais encore une chance.